COLLECTION FOLIO

Panaït Istrati

LES RÉCITS D'ADRIEN ZOGRAFFI

Domnitza de Snagov

Gallimard

Panaït Istrati (1884-1935), fils d'une paysanne roumaine et d'un contrebandier, a mené une vie vagabonde autour de la Méditerranée jusqu'au jour où, à bout de misère, alors qu'il était photographe ambulant à Nice, il tenta de se tuer. On trouva sur lui une longue lettre à Romain Rolland, qui n'était pas parvenue à son destinataire. Quand Romain Rolland en prit enfin connaissance, il trouva dans ce texte la promesse d'un écrivain, un prodigieux conteur comme l'Orient sait en créer.

Panaït Istrati écrivit son œuvre en français, racontant d'abord des histoires de haïdoucs, ces bandits d'honneur qui luttèrent pour défendre les opprimés et les pauvres, au siècle dernier, en Roumanie : *Kyra Kyralina* (1924), *Oncle Anghel* (1925), *Présentation des haïdoucs* et *Domnitza de Snagov* (1926), *Les Chardons du Baragan* (1928).

Istrati partit en U.R.S.S., en 1927, en compagnie de son ami l'écrivain grec Nikos Kazantsakis. Il en revint profondément déçu et fut le premier à publier un « retour d'U.R.S.S. », *Vers l'autre flamme*, qui lui valut de nombreuses attaques et calomnies. Tuberculeux depuis longtemps, il revint dans son pays où il mourut prématurément.

Son œuvre ne touche pas seulement par le merveilleux pittoresque, les aventures. C'est le cri d'un homme libre qui se lève contre toutes les oppressions, toutes les injustices. Istrati ne pouvait supporter qu'un homme inflige de la souffrance ou des humiliations à un autre homme.

*Avec ce volume ayant terminé la première partie de l'histoire d'*Adrien Zograffi, *je la dédie aux deux hommes qui, sans se connaître, se sont donné les mains pour me pousser à écrire :*

à l'écrivain français	au bottier roumain
ROMAIN ROLLAND	GEORGES IONESCO

Panaït Istrati

Nice, 1926

PRÉFACE

Domnitza de Snagov *devait être l'avant-dernier volume des* Haïdoucs *et des* Récits d'Adrien Zograffi. *Un autre ouvrage,* Groza, *devait former le dernier, dans mon plan. J'avais même l'intention de les faire paraître ensemble, quand un accident a bousculé la fin logique de mes* Haïdoucs.

Cet accident, je dois le dénoncer *à mes lecteurs français. Le voici :*

Après une absence de dix ans, je suis allé, pendant l'été 1925, revoir mon pays, la Roumanie — devenue « la Grande Roumanie », avec le concours de la France aidée elle-même par d'autres nobles et généreuses nations. Ce que j'ai vu, appris et senti, durant les deux mois que j'ai séjourné entre le Dniester et la Theiss, m'a convaincu que je fendais l'eau avec une hache. En effet, alors que je m'évertuais à décrire des horreurs turques et grecques du temps de l'Occupation, le gouvernement roumain exterminait, avec une férocité autrement médiévale, la population de cette « Grande Rouma-

nie » qui n'était plus occupée *maintenant par personne. Mes histoires de viol et de massacres d'il y a cent ans pâlirent devant les fusillades d'enfants, de vieillards, de femmes et de bébés, que* des officiers de l'armée régulière, *déclarés* « héros nationaux » *par le Sénat roumain, poursuivaient et abattaient à travers les campagnes de la Bessarabie.*

Je rentrai en France, le cœur meurtri, mais je me disais : je vais proclamer à la face de l'Occident les crimes de lèse-Humanité des bourreaux du peuple roumain ! Je m'étais juré de ne plus songer à l'art, avant de venger les victimes qui criaient de leur tombe : avant l'art, un peu de pitié pour nous !

J'ai trouvé un aimable accueil dans quelques organes de second rang et auprès de la Ligue des Droits de l'Homme, *j'ai écrit deux ou trois articles et j'ai pris un soir la parole à la Salle des Sociétés Savantes. Ce fut tout. Mais je ne faisais qu'effleurer l'horreur, et les personnes averties qui savaient quelle énorme documentation je voulais livrer à la « grande presse » m'ont dit que cette « grande presse » préférait à ma marchandise des « faits plus conséquents ».*

Alors l'amour pour mon œuvre diminua, j'abrégeai ce que j'avais à dire sur le passé, et j'avoue que j'ai écrit ce volume avec peu d'élan.

D'ailleurs, à quoi me servirait-il, l'élan ? A distraire mes lecteurs ? — Je ne suis pas fait pour cela. — Les attendrir ? — Oui ; c'est cela que j'aime ; mais je vois que l'Occident s'attendrit davantage sur les colliers de perles et les « superbes solitaires » que les Américaines égarent dans les boîtes de Montmartre, sur les cambriolages extraordinaires et sur les « messies-maquereaux », sur les hommes qui se cassent la figure à raison de cent mille francs la minute et sur tout ce qui ne trouble pas la digestion des maîtres de ce monde.

Voilà ce que j'avais à dire.

Maintenant, si certains de mes lecteurs ne veulent plus me suivre, qu'ils sachent que je ne leur demande pas de me nourrir, et que cela m'est tout à fait égal.

Panaït Istrati.

Vers Snagov

I

CHANSON HAÏDOUQUE

Le printemps, cette année-là, quoique précoce et doux, se montra fort pluvieux. Aussi fut-il possible à notre troupe de quitter sa retraite d'hiver un peu plus tôt que les haïdoucs n'en ont l'habitude ; mais, pour ce qui était d'aborder la plaine, il fallait y renoncer pour le moment ; les routes étaient défoncées, impraticables, désertes de charretiers. C'était sous des déguisements de charretiers que *Floarea Codrilor,* notre capitaine, avait décidé de nous faire faire les grands déplacements. Elle nous disait avec raison que les potéras nous recherchaient sur les sentiers montagneux plutôt que dans les villes, ou en rase campagne. Nous devions abandonner les pratiques par trop « éventées », qui reléguaient naguère le haïdouc sur les confins de la terre où gémissait son frère le paysan. Il fallait maintenant nous rapprocher de cet homme, abruti par quatre siècles de spoliation, et lui faire comprendre que les haïdoucs seraient impuissants à le délivrer du joug aussi longtemps qu'il croupirait dans l'animalité. C'est pourquoi les révoltés allaient se muer en braves charretiers, se joindre aux interminables convois de voitures qui sillonnent les principautés danubiennes en long et en large, transporter de vraies, de fausses marchandises, boire, rire, bavarder avec leurs camarades, au besoin se laisser fouetter comme eux, mais toujours prêts à secouer, à réveiller de son triste sommeil *la bête parlante, celle qui dépasse le bœuf en endurance et le lapin en fécondité.* Et s'il restait bien entendu que, tout en poursuivant cette tentative de soulèvement, nous ne nous abstiendrions pas de piller et châtier, d'aventure, certains gros coupables, nous n'en devions pas moins considérer ces actes comme secondaires, bons à tenir le peuple en éveil et à satisfaire la soif de vengeance d'une haïdoucie primitive et bornée. Tel était le plan que cette femme au cœur noble et au cerveau lucide avait lentement élaboré, mûrement approfondi durant le long hiver qui précéda le printemps de 1854.

Elle fit mieux. Au moyen de plusieurs affidés, envoyés aux quatre coins du pays, elle mit au courant de ses projets quelques grands capitaines de haïdoucs, dont Groza, son ami d'enfance, et leur donna rendez-vous, pour le commencement de mai, dans les montagnes basses de Tazlau, en Moldavie.

C'était la première fois qu'une semblable idée germait dans un cerveau de haïdouc. D'habitude, chaque chef et sa bande agissaient isolément dans la région qui leur était familière, brillaient pendant quelque temps comme des météores et s'éteignaient promptement, que ce fût au gibet ou dans une bataille avec les potéras.

Maintenant, une femme — « la plus belle femme du pays roumain », avait crié Cosma — les exhortait au ralliement :

Venez, amis, sur les sommets du Faucon, près de la source de Tazlau, leur disait-elle, dans sa missive. *Ce n'est pas moi qui vous appelle, c'est la souffrance du pays. Vous êtes des patriotes. J'en suis une. Vous avez des braves qui vous obéissent en hommes libres. J'en ai moi aussi. Mais que faites-vous de tous ces cœurs généreux ? Rien, sinon les pousser au meurtre. Eh quoi ? L'homicide, seul, a-t-il jamais avancé d'un pouce la charrue de l'esclave ? A-t-on jamais vu un homme rendu plus intelligent, plus courageux et plus digne, pour avoir coupé la tête d'un autre ? Nous sommes des héros, nous agissons comme des assassins et nous mourrons plus mal que les chiens. Assez ! Plus de rancunes personnelles ! Vous les oublierez au sourire de mes yeux noirs et de mes dents blanches. Je serai votre sœur, passionnée comme une amante. Et nous nous plierons, tous, à une tâche bien plus lourde qu'une attaque vengeresse, mais aussi beaucoup plus efficace pour le relèvement de nos frères vaincus. Floarea Codrilor, capitaine de haïdoucs, vous attend sans faute dans la première semaine du mois des fleurs !*

Ils avaient répondu, tous, avec enthousiasme à cette invitation. Et nous allions maintenant au rendez-vous donné.

*

Quatorze hommes, quatre conseillers et Floarea, voici la troupe équestre qui descendait vers la vallée de la Bâsca. Maigre troupe pour partir en haïdoucie ! On se regardait avec une tendresse mélancolique. Dans tous les yeux on pouvait lire la même pensée : *Lequel d'entre nous ne verra plus le printemps prochain ?*

Le haïdouc ne pense pas souvent au suprême danger, mais le printemps le lui rappelle. Le vent est tout jeune, fraîchement lavé par les neiges, et hardi comme la jeunesse. Il se moquait de la barbe respectable d'Elie, et la peignait à rebours, étouffait de caresses Floarea, qui chevauchait en tête, songeuse, mais se laissait faire, car il était son « premier amant ». Parfois, sa violence allait jusqu'à nous emporter nos bonnets pointus. La longue chevelure de notre capitaine flottait alors comme une oriflamme. En traversant les forêts, les sabots de nos bêtes écrasaient cruellement les jolies et tendres perce-neige, ces clochettes de sucre qui pendent au cou du printemps, l'éternel nouveau-né.

Ainsi nous laissâmes derrière nous les cimes hérissées des Carpates et abordâmes, par une journée ensoleillée, les hauts plateaux du Penteleu, où se trouvent les plus vastes fromageries du pays roumain.

Les pâtres étaient déjà là, avec leurs milliers de brebis et d'agneaux. Le tintamarre des cloches, le son des flûtes, les chants et les cris emplissaient l'air et donnaient à la région un souffle de vie que nous ne connaissions plus depuis bientôt six mois.

Floarea Codrilor s'arrêta et nous dit :

« Voilà des humains heureux ! Le yatagan turc et le fouet national n'osent pas s'aventurer jusqu'ici. Hélas ! un pays ne peut pas tout entier gagner la montagne et y vivre ! »

A ce moment on s'aperçut que tout près de nous un jeune berger s'occupait à planter deux croix de bois, grossièrement confectionnées. A ses pieds on voyait de vieilles croix, pourries. Le gars, son lourd manteau de fourrure jeté à terre, s'y appliquait avec une assiduité touchante et ne faisait aucune attention à notre présence.

Le capitaine le questionna. Il répondit, d'un ton un peu bourru :

— Ce sont les tombes du haïdouc Gheorghitza et de sa maîtresse, tous deux tués ici par les potéras.

— Mon Dieu ! s'écria Floarea, ôtant son bonnet d'astrakan. Et, s'agenouillant :

— J'ai entendu parler de ces braves, dans mon enfance.

— Elle est morte avant lui ; il a été tué en la défendant.

— Et qui t'a chargé de changer leurs croix ? demanda l'un des nôtres.

— Personne. C'est nous qui le faisons, de nous-mêmes. Qui voudriez-vous qui nous envoie ? La sous-préfecture ?

Puis, en ramassant fourrure, bâton et flûte, il ajouta, avec une pointe de mauvais présage :

— Peut-être que nous vous rendrons un jour le même service.

— A nous ? s'exclama Floarea. Tu sais donc qui nous sommes ?

— *Ben sûr !*

— Dis-le-nous, alors !

— Hé ! Des haïdoucs ! Ça ne suffit pas ?

Et se dirigeant vers son troupeau, il s'installa sur un bloc de rocher et entama, d'une voix mâle et comme pour soi-même, la longue ballade du haïdouc Gheorghitza, dont il venait de soigner la tombe[1] :

1. Ce haïdouc est peut-être le plus authentique de tous, car il est le seul qui possède historiquement sa tombe — montrée, vers 1885, par

Petite feuille d'œillet d'Inde! Qui est-ce qui monte à l'Istritza? Eh bien, c'est le capitaine Gheorghitza, le gars de Negoïtza, Negoïtza de Cislau, l'arrière-petit-fils du maire.

Feuille verte de bruyère! A la montagne, sur les durs chemins, Gheorghiache erre de bergerie en bergerie. Partout il goûte la crème et le fromage, mais, dès qu'il met quelque chose dans sa bouche à l'instant même il crache par terre, en disant que c'est trop salé, trop mauvais. Puis, le voilà fouillant dans la peausserie... Il se cherche une petite fourrure, pour se faire un bonnet avec — un bonnet montagnard, afin que personne ne le reconnaisse. Enfin, après mercredi, jeudi est venu : le vaillant montait toujours, et arrivait sur l'Istritza. Là-haut, il allait tout droit à la fontaine de sapin, au pâturage de Raoul, Raoul le montagnard, qu'il rencontrait et lui parlait ainsi :

— Feuille verte d'églantine! Hé, père Raoul à la barbe grise, toi qui as la bergerie tout en haut dans

tous les bergers de la région, — ainsi qu'une « notice biographique » très détaillée, plus exacte que ses ballades, et qui fut communiquée à l'historien par le directeur du Gymnase de Buzeu, chef-lieu du département où vécut et périt le haïdouc. Les deux variantes de cette ballade ont, ensemble, sept cents vers. Malheureusement elles ne parlent que du haïdouc seul, l'inspiration populaire ayant entièrement négligé la vaillante maîtresse du héros, aussi authentique que lui.

Le texte ci-dessous suit celui du recueil de M. G. Dem. Theodoresco : *Poesii Populare Romåne*, 1885 — (*Gheorghitza, Gheorghiache, Gheorghélash*, noms qu'on rencontrera dans la ballade, sont les diminutifs de *Gheorghé*, Georges).

la forêt, et la chaumière faite de trois poutres et sise sur une racine, ah, tu ne sais pas quels sont mes malheurs ! Connais-tu Macoveï, le fils de père Mateï qui demeure à la pointe de Urseï ?

— Que oui, je le sais ; bien fameux je l'ai connu, car je lui ai gardé ses brebis dans ma jeunesse.

— Et moi, depuis mon enfance je l'ai servi, avec foi et honnêteté ; pendant ce temps, un petit avoir je m'étais ramassé, mais il me le convoitait, et, jeune encore, m'a fait épouser une de ses nièces. Ah, la crapule ! Il m'a dérobé tout mon bien, m'a enlevé la femme et l'a fait fuir avec son fils ! Cela ne lui suffit pas : il m'a volé tout mon argent, me laissant à ce point pauvre que je fus obligé de partir en haïdoucie. Mais là encore il me poursuivit avec la potéra, s'empara de moi, me garrotta et au passage du Cislau, alors que je voulais boire de l'eau, il me donna un coup de botte dans la nuque et me fit boire de l'eau mêlée de sang et de mes propres dents ! Maintenant je sais qu'il se cache dans ces parages ; dis-moi, père Raoul, ne l'as-tu pas vu ? Ne t'a-t-il pas entretenu de moi, ni demandé asile ?

— Deh ! capitaine Gheorghitza ! C'est vrai, je l'ai vu, il y a deux ou trois jours, mais il ne m'a pas demandé asile, ni questionné sur toi.

— Ah, l'ennemi haineux ! Voilà sept ans que je vis exilé sur la Bâsca-sans-issue. Si je mets la main sur lui, il ne comptera plus parmi les vivants ! Mais, dis-moi un peu, frère : tu n'as rien à vendre

dans ta bergerie ? Et ne voudrais-tu pas m'accompagner par là-haut ?

— Deh ! capitaine Gheorghitza ! Je ne dis pas non, mais, vois-tu ? quoique tu sois homme jeune et aimable, tu as une réputation assez mauvaise, car tu erres sans cesse dans les bergeries ; partout tu ne fais que goûter la crème et le fromage ; tu les craches aussitôt en disant que c'est trop salé, trop mauvais ; puis tu fouilles dans les peausseries, mais ce n'est pas une petite fourrure à bonnet que tu cherches, c'est de la chicane : tu veux savoir où se trouve Macoveï.

— Oui, père Raoul, c'est comme tu dis, mais ce n'est pas ma faute : mon cœur n'est pas rancuneux, et si je hais Macoveï c'est qu'il m'a fait trop de mal.

Feuille verte de tulipe !... Ils dirent ce qu'ils dirent, puis père Raoul s'en alla conduire Gheorghitza à la bergerie. Ils ne montèrent pas beaucoup ; et une fois là-haut Gheorghiache fit aussitôt le tour de la ferme... Il fouilla tout... Rien n'échappa à ses regards :

— Père Raoul à barbe grise ! Ne caches-tu personne dans ta bergerie ? Je ne voudrais pas te chercher noise !

— Faut pas me chercher noise, car, voilà : hier soir, vers la nuit, mon pâtre a bu un peu trop de lait cru et il est tombé malade de fièvre. Maintenant il gît parmi les outres à fromages, dans les fourrures : ne va pas le prendre pour Dieu sait qui, et me faire une histoire !

En disant cela, il montra à Gheorghitza ses troupeaux de moutons. Gheorghitza prenait les ciseaux et s'essayait à la tonte mais il ne tondait rien. La laine ne lui plaisait pas : il n'en avait nul besoin. Ses yeux noirs fouillaient toujours et découvrirent Macoveï, eh ! ils aperçurent Macoveï ! A grand-peine Gheorghitza maîtrisa un juron, mais il patienta encore, et demanda à père Raoul de lui faire voir les fourrures. Elles n'étaient pas bien belles. Gheorghélash les prenait dans les mains, les jetait de côté, tournait en tous sens, puis, quand il crut le moment choisi, d'un bond il sauta sur Macoveï, l'empoigna par les cheveux et ainsi le jugea :

— Feuille verte de tilleul ! Sois maudit, Macoveï ! Qui t'a fait sortir devant mes yeux ? Est-ce ta vie qui s'abrège ? Ou mes péchés qui s'augmentent ? Pendant sept ans je t'ai servi... Je fus le souffre-douleur de tes enfants ! Puis tu m'as fait épouser ta nièce, pour mieux me dépouiller. Et cette honte que tu me fis à ma noce, en me faisant danser, ivre mort, avec de la cendre brûlante dans mes bottes ? Et ce jour où tu me cognas la bouche contre une pierre, en me brisant les dents ? Te souviens-tu de tous les forfaits, qui m'ont jeté sur la paille ?

Macoveï se lamentait, Macoveï priait :

— Gheorghitza, Gheorghélash ! Vaillant, jeune et gracieux ! Prends-moi mon cheval et mes armes, mais laisse-moi la vie, prolonge-moi les jours, j'ai

des enfants à nourrir et à marier, des nièces qui doivent prier pour le pardon de mes péchés !

— Je te prendrai tout, et ta vie, pour que tes enfants et tes nièces puissent se rappeler tes péchés !

Alors, père Raoul, en voyant que la plaisanterie devenait menaçante, intervint et dit :

— Hé ! Gheorghitza, Gheorghiache ! Jeune de visage et gracieux ! Ne sois pas si haineux, quoi ! C'est pour cela que tu es venu à la bergerie ? Allons, laisse-lui ses jours, car il te donnera toute sa fortune, qu'il a enterrée là, derrière la porte !

A ces paroles, Gheorghitza se mit hors de lui et cria à Raoul :

— Ah, vieillard à la barbe grise, lent au travail, bavard, menteur ! C'est pour cela que tu t'esquivais sans cesse ? Et tu me trouvais, à moi, une réputation mauvaise, alors que tu étais l'hôte des voleurs ?

Et, tirant son glaive, en quatre morceaux il découpa Macoveï, puis s'en alla rejoindre ses gars, fit allumer des feux, promena son cheval, mais... il avait de mauvais présages !...

Feuille verte de bardane ! Voici le capitaine Stéphane !... C'est le compère de Gheorghitza, car il a tenu autrefois un de ses enfants sur les fonts et a reçu, du haïdouc, une belle bague, mais il est maintenant capitaine de potéra — que la Sainte Vierge la maudisse ! Il pénètre dans la forêt et approche de la clairière où Gheorghitza et ses compagnons ont fait halte. Là-bas, Stéphane parla ainsi à sa potéra (la potéra de Buzeu, — que le Seigneur la détruise !) :

— Arrêtez-vous, un peu, enfants, pour que nous puissions envoyer une décharge à Gheorghitza, car il est très dangereux, et capable de nous tuer tous !

Puis, il souleva son fusil rayé, rempli de balles d'argent, mit le haïdouc en joue et l'atteignit dans le siège de l'âme, un peu en dessous du nombril, où ça fait mal aux vaillants.

Gheorghélash porta la main à sa blessure, en tira une bague et parla ainsi :

— Sur la foi qui te manque, Stéphane (et compère traître !), je t'avais offert cette bague, et c'est avec elle que tu me frappes ; mais, à moins que je meure sous peu je mordrai dans ta chair !

Et il prit son mousquet, s'appuya contre un rocher et mit Stéphane en joue — mais la mort arriva et c'est dans cette position qu'elle le cloua !

Pendant trois jours qu'il resta là, personne n'osa s'approcher de lui, tout le monde en avait peur ! Puis Beshg Elie arriva, lui coupa la tête, la vida de son cerveau et la porta à Bucarest : tous ceux qu'il croisait en route, tous ceux qui voyaient la tête de Gheorghélash, tous fondaient en larmes, tellement il était beau !...

*

Nous avions écouté le pâtre avec religion, comme à l'église. Sa ballade finie, il partit à la course derrière ses moutons, sans plus nous regarder. Cela nous fit de la peine : nous aurions voulu le voir un peu sensible à l'intérêt que nous prenions à son récit, car, somme toute, c'était notre propre histoire qu'il racontait.

Floarea Codrilor semblait très émue. Longtemps, elle contempla, les yeux hagards, les deux croix fraîchement plantées. Puis, se dirigeant vers son cheval, elle soupira du fond de ses poumons et dit :

« *Dans ce monde, tout finit par une chanson haïdouque...* »

II

LE MOURANT DE BISSOCA

Pour passer en Moldavie, nous n'avions qu'à traverser un département, celui de Râmnicou-Sarat. La prudence nous conseilla de ne pas trop perdre de vue la chaîne des montagnes et ses bois fraternels, refuge sûr en cas de danger, car Floarea était fermement décidée de ne rien entreprendre, rien risquer, avant de s'être concertée avec les chefs haïdoucs à cette entrevue de Tazlau, où elle espérait donner à la haïdoucie un tout autre plan de combat. En outre, nous étions fort peu nombreux : à peine une vingtaine. Il nous fallait au moins encore autant de « Fusils à cheval » pour bien attaquer et bien nous défendre.

Mais l'homme n'est pas le maître de ses actions. Un fait imprévu, un hasard, surgit dès notre départ et nous fit faire un exploit qui devait rendre fameuse la femme que nous avions choisie comme capitaine.

Le soir de ce premier jour de marche, après avoir quitté les pâturages de Penteleu, nous arrivâmes au bord du village de Bissoca, région montagneuse et fort boisée, où nous devions passer une partie de la nuit. La troupe campa, non sans s'être d'abord assurée que tout était tranquille. Une petite ferme en ruine, et que nous croyions abandonnée, nous servit de refuge. Nos bêtes furent aussitôt mises au repos, chacune avec sa musette d'avoine passée autour du cou. Un bon feu, que nous allumâmes au milieu de la cour, devait réchauffer un peu nos os glacés. Movila, notre cuisinier, grilla rapidement deux agneaux de lait. Avec un bon morceau de fromage et un pot de vin par là-dessus, chacun put apaiser sa faim.

Nous le fîmes en moins d'une heure ; les quatre compagnons qui étaient de faction vinrent à leur tour se restaurer, puis, par quatre toutes les demi-heures, nous allions à tour de rôle faire le guet.

La nuit était humide plutôt que froide. On parlait peu, on astiquait ses armes et on sommeillait en présentant au brasier tantôt la poitrine, tantôt le dos. Parfois, les flammes des branches sèches éclairaient toute la cour et les masures aux toits éventrés, sans portes, ni fenêtres. Alors on pouvait voir tous les détails de ce lieu désert.

Floarea, qui scrutait constamment une encoignure sombre de la cour, nous dit :

« Je crois, moi, qu'un être humain habite ici, ou tout au moins, qu'il y vient habiter le jour. Regardez cette niche fourrée dans le coin des murailles : elle est fraîchement enduite ; sa porte est en bon état, et une hache se trouve à côté, couchée par terre. »

Nous portâmes nos regards vers l'endroit indiqué, mais personne ne se dérangea pour y aller voir de près. On se trouvait trop bien à côté du feu. Et puis, qu'est-ce qu'il y avait à craindre de la part du malheureux qui occupait la niche ? Floarea elle-même n'y fit plus attention, s'enveloppa dans sa couverture et tourna le dos à la chaleur ; mais, peu après, elle nous déclara avoir entendu un faible gémissement.

Je me levai et avançai un peu dans l'obscurité :

— Notre capitaine a raison ! Maintenant il y a de la lumière dans la cabane ! Elle se voit par les fentes de la porte.

Tout le monde accourut. Floarea poussa la porte avec précaution, et alors nous vîmes un vieillard maigre et barbu, étendu sur un lit de planches face au ciel, les deux mains réunies sur la poitrine et tenant un cierge allumé. Egalement sur la poitrine, presque au-dessous du menton, était posée une petite icône représentant la Vierge. L'homme reposait lourdement habillé, la tête sur un sac bourré de paille. Près du lit une cruche. Dans un coin, un coffre chargé de hardes. L'âtre semblait depuis longtemps éteint.

A notre apparition, le vieillard tourna vers nous ses yeux enfoncés dans les orbites et montra de l'étonnement :

— Je ne vous ai pas entendus arriver... nous dit-il d'une voix assez claire... Je suis sourd.

— Sourd, seulement, ce ne serait rien, lui cria Floarea, mais tu es encore bien malheureux : qu'as-tu ? qui es-tu ?

Sans bouger de sa position, il répliqua :

— C'est inutile de me parler... Je suis sourd comme une tombe.

Intriguée et impuissante, notre amie lui fit comprendre, par signes, qu'on voulait le secourir, ou au moins lui donner à manger.

— Trop tard ! Plus besoin de rien... Maintenant, j'attends la mort, belle *domnitza*[1].

1. *Domnitza :* fille du prince régnant, ou son épouse, lorsqu'elle est toute jeune.

Floarea nous demanda d'allumer du feu dans l'âtre et de préparer une gamelle de vin chaud et sucré. L'homme refusa obstinément de goûter à la boisson et dit que le feu était superflu :

— Je ne sens rien... je meurs... Vous voyez bien : je « me tiens » le cierge, je ne veux pas rendre mon âme comme un chien. Et peut-être que la mort serait déjà venue, si je ne vivais dans la crainte de mettre le feu à mes vêtements. Depuis trois jours je ne fais que ça : allumer et éteindre le cierge... Depuis huit jours je suis au lit, sans plus manger, ni boire... c'est fini : je meurs.

Il éteignit son cierge et le coucha sur sa poitrine :

— Tout ce que vous pourrez faire pour moi, puisque le Seigneur vous a envoyés ici, c'est de guetter ma fin et d'allumer le cierge... Ainsi, je n'aurai plus peur de brûler vivant et je mourrai cette nuit même. Faites cela pour ma pauvre âme, enterrez-moi ensuite, et que Dieu vous protège sur vos chemins : vous êtes des haïdoucs, je le reconnais à vos armes, à votre humanité.

Le mourant, malgré son aspect misérable, ne manquait pas d'une certaine distinction dans les traits, ennoblis peut-être par cette souffrance vaillamment supportée. Sa parole était digne, elle aussi ; il s'exprimait facilement. Néanmoins, il était visible que c'était un paysan, ou un ancien petit propriétaire. Mais d'où venait son extrême détresse ? Quelle histoire cachait cette vie qui s'en allait ?

Notre capitaine s'épuisa à lui faire comprendre son désir de l'apprendre. Assise sur le coffre, près du lit, Floarea lui réchauffait les mains et le pressait par signes. Il comprit :

— Héé... Belle domnitza... On ne commence pas à raconter sa vie lorsqu'on est en train de mourir. C'est long... Et mon souffle est court. Ma vie et mes malheurs sont ceux d'une nation entière... Haïdoucs, vous devez les connaître aussi bien que moi.

Le vieillard se tut. Il paraissait songer. Ses yeux fixaient les flammes de l'âtre, lesquelles dansaient sur son visage maigre et poilu. Puis, il tourna la tête vers nous, qui restions accrochés dans le cadre de la porte comme une grappe, fort curieux de savoir ce qu'était ce mourant, à ce point abandonné qu'il devait tenir seul son cierge.

Par gestes, Floarea le pria de continuer. Et alors il nous raconta ce qui suit :

*

Puisque, maintenant, je sais que vous m'aiderez à mourir comme un chrétien, et que vous m'enterrerez, je vais tâcher de vous narrer de ma vie ce que la mort m'en permettra.

Je n'ai pas toujours été le misérable de cette

heure-ci. Comme la plupart des habitants de l'ancien temps, je descends d'une famille de guerriers qui a défendu le sol de la nation sous nos bons princes d'autrefois : je suis de parents *razéchi*[1]. A ce moment-là, il n'y avait dans le pays que le prince, qui veillait et luttait, son conseil de boïars, presque tous des hommes honnêtes, nous autres *razéchi*, et, par-ci par-là, quelques gens bons à rien, que l'on pouvait compter sur les doigts dans chaque commune. Mes ancêtres possédaient de la terre de labour, des bois et des pâturages, plus qu'il ne leur en fallait.

Mais les temps qui ont suivi changèrent la face du monde. Les bons princes ont disparu. Les boïars se sont multipliés comme la mauvaise herbe, sont devenus injustes, rapaces et désireux chacun de régner ne fût-ce que quelques mois. Le trône étant, comme aujourd'hui, aux mains des Turcs, et se vendant au plus offrant, les nouveaux boïars eurent besoin d'argent pour se faire des partisans puissants dans le pays et, à Stamboul, acheter les favoris du Sultan. De là, vols et pillages. Ils n'avaient plus besoin de *razéchi*, mais de beaucoup de terre, et pour la travailler, de serfs.

Le procédé était simple : de temps en temps, leurs domestiques reculaient les pierres de bornage de nos propriétés. Le domaine du boïar

1. Fermiers, petits propriétaires.

s'étendait comme la gale. Les papiers étaient toujours perdus. Nous ne pouvions rien prouver. Nous regardions diminuer à vue d'œil nos droits sur la terre de Dieu. Se plaindre ? A qui ? Ceux qui nous volaient étaient en même temps juges du Divan. Ils achetaient quelques faux témoins : un sous-préfet, un pope, deux ou trois ivrognes. Nos témoins, à nous, n'étaient jamais pris en considération.

A ce procédé s'ajoutèrent deux fléaux qui finirent par nous achever : les impôts « sur tout ce qui bougeait et ne bougeait pas », et la flagellation pour ceux qui ne pouvaient pas payer. En moins de deux générations, nous oubliâmes notre passé. L'homme digne d'autrefois devint un animal peureux qui enlevait son bonnet devant n'importe quel épouvantail qui arrivait en criant sur le seuil de sa chaumière. Le plus laborieux ne fut plus qu'un fainéant ; le plus sage, un ivrogne. Ainsi, le pays se partagea en serfs et en boïars, et certains de ces boïars possèdent aujourd'hui jusqu'à vingt domaines, gros de dix à cent mille hectares.

Hélas ! Ce malheur en a entraîné un autre, plus effroyable encore. Les Turcs et les Grecs de Stamboul, en apprenant que les boïars roumains traitaient leur propre patrie en pays conquis, se sont abattus sur nous comme des sauterelles. Ils ne demandaient qu'à se mettre d'accord avec ceux qui nous dépouillaient depuis longtemps et à nous sucer le sang en bonne camaraderie. Nos boïars s'y plièrent sans trop de peine, car il s'agissait avant tout de se sauver eux-mêmes.

Beaucoup de nos seigneurs, alors, au prix de nos pauvres peaux, entrèrent dans les bonnes grâces de la Sublime Porte en affermant aux Grecs influents un ou plusieurs domaines, et en les acceptant parfois pour gendres. Ces affermages nous firent maudire le jour où nos mères nous avaient mis au monde. Nous sommes descendus au rang des Tziganes esclaves. Plus bas même, car les esclaves étaient au moins nourris, et nous crevions de faim.

Et Turcs et Grecs, à qui mieux mieux, se jetèrent sur nos filles et nos femmes.

Ah ! Dieu sans pitié ! Malheur à la pauvrette, mariée ou non, qui se trouvait être belle et plaire à l'envahisseur ! Malheur aussi au pauvre garçonnet qui apparaissait devant les pas des Turcs. Le déshonneur, le supplice et la mort les attendaient, souvent sous les yeux de leurs parents, parfois eux-mêmes massacrés.

Et voici ma propre histoire :

Vers 1821, quand Ypsilanti et son hétairie appelèrent les Grecs à la guerre contre les Turcs, j'étais encore un homme aisé. J'habitais un département riverain du Danube, avec ma femme et nos deux enfants, une fille de vingt ans et un garçon de douze. Un autre garçon, le premier-né, était marié et habitait une commune voisine de la nôtre.

A ce moment-là, nous pouvions encore remercier Dieu. Quoique très éprouvés dans notre avoir et réduits au strict nécessaire, nous n'avions aucune perte à déplorer parmi les nôtres, ni subi de violence corporelle. Mais voilà que les Grecs déclarent la guerre « à notre ennemi commun », disent-ils, le Turc. Nous devions nous réjouir. Ils étaient des chrétiens, comme nous, et leur cause juste. Un affaiblissement de la puissance ottomane ne pouvait que nous faire du bien.

Ah ! Les mots ! La magie des mots ! nourriture du pauvre et bonheur des tyrans !

Les hordes grecques, des hommes sans foi ni patrie, confondirent la révolution avec le pillage, prirent le pays roumain pour un vilayet turc, et avant d'avoir aperçu le kandjar de leur maître, eurent assez d'enthousiasme pour se ruer sur nos femmes et notre avoir.

Ce fut en vain qu'Ypsilanti, le seul homme loyal, le seul vrai patriote de l'hétairie, proclama la sainteté de notre sol et fit de sévères exemples parmi les coupables.

Et comment pouvait-il en être autrement, quand les braves pandours nationaux de notre Tudor Vladimirescu, notre Ypsilanti roumain, ne purent eux-mêmes, en dépit des pendaisons, résister au plaisir de violer nos filles et de chaparder ce qui leur tombait sous la main ? Et si l'avortement de l'hétairie, dans les principautés danubiennes, ne coûta au général grec qu'une grosse déception, dont il se soulagea publiquement sur la tête de ses vauriens, la méprise du pauvre Tudor, vendu par les siens, lui coûta la tête.

Je suis content de mourir, ne plus rien savoir de ce monde ! Horrible troupeau, qui frappe ou qui se laisse frapper, mais qui ne connaît guère de milieu entre ces deux ignominies ! Aujourd'hui je sais que si les maîtres du monde sont sans humanité, le monde n'est pas meilleur que ses maîtres. Dommage pour les justes de la terre !

Nous nous tirâmes d'affaire tant bien que mal avec les bandes des « hétairies ». Notre commune n'eut pas trop à souffrir : quelques viols, quelques pillages, mais aucun meurtre. Je défendis mon foyer comme la louve défend ses petits. De son côté, mon fils, également, s'en tira avec des dégâts matériels seulement. Et l'on considérait le péril comme conjuré quand, un beau matin, les populations furent averties que les soldats turcs occupaient le pays dans le but de poursuivre les Grecs et d'étouffer l'hétairie.

Cette occupation ! Quoique nous ne fussions pour rien dans la révolte des Grecs, et malgré les assurances du padischah qui « garantissait la vie et l'avoir de ses raïas fidèles », nous payâmes les pots cassés.

Ce fut la première fois que, chez nous, le paysan eut l'occasion de se rendre compte que le monde se partage en forts et en faibles, que les forts ne se mangent pas entre eux et que les faibles n'ont pas de patrie.

Dès que l'armée turque débarqua dans le pays, le plus patriotique souci des boïars fut de mettre leur fortune à l'abri des ravages qu'on redoutait de la part des soldats musulmans. Les fameux *otousbirs* étaient connus pour leur férocité. Moyennant de lourdes bourses d'or, tout seigneur obtint du commandement turc un *otage* qui était le plus souvent un aga. Cet aga, nourri, logé, grassement payé, avait la mission de défendre la cour du boïar qui le prenait comme otage contre les attaques des « otousbirs ».

Ce fut la paix pour nos maîtres, mais leur paix à eux, de combien de gémissements humains devait-elle être saturée, seules les plaintes de nos enfants l'ont exprimé !

De toutes les ruines, de tous les deuils, de cette sinistre époque, rien n'égale les souffrances qu'eut à endurer la chair de petits enfants.

Je ne vous dirai rien des rançons en argent et en nature que coûta au paysan l'entretien de l'armée turque ; beaucoup restèrent sans chemise et durent, estropiés par le *topouz*, s'enfuir dans la montagne, après avoir perdu famille et foyer. Je fus du nombre ; mais la perte de mes biens ne me fit pas verser une larme ; l'avoir peut se reconstituer, tandis que les créatures qui font la joie de la vie restent à jamais perdues. Et ce sont ces créatures que l'orage m'emporta, jusqu'à la dernière !

Seigneur Dieu, tu es puissant, mais tu n'as pas de cœur ! Où est-elle ta magnanimité ?

Ecoutez, haïdoucs, ce qui s'est passé en une semaine de la vie d'un homme, et dites-moi après cela si les bêtes peuvent dépasser l'être humain en férocité.

Un samedi soir, l'aga de notre boïar, accompagné de deux « otousbirs », fit irruption dans ma cour ; ces terribles bachi-bouzouks effrayèrent ma femme et mes enfants. Je les attendais, et saisissant une hache leur criai en turc que je frapperais quiconque voudrait franchir le seuil de ma maison. A peine avais-je articulé cette menace, qu'un coup de plat de kandjar dans la poitrine me renversa à terre, où je m'évanouis.

Quand je revins à moi, la bouche pleine de sang, je vis ma femme gisant, étranglée, dans un coin de la chambre. Une de ses mains serrait entre les doigts des poils arrachés à une moustache. La fille et le bambin n'étaient plus là. Je perdis à nouveau connaissance, puis, en me réveillant tard dans la nuit, je sentis mon corps baigné de sueur froide et je compris, à la douleur qui me tenaillait la poitrine, que tout ce que je prenais pour un cauchemar était vrai. La nuit s'écoula ainsi.

Le matin du jour suivant, un dimanche, les

cloches de l'église sonnaient tristement l'agonie d'un peuple massacré. Un voisin apparut et me donna à boire un peu d'eau-de-vie. Il venait de la part de mon fils, qui habitait avec sa femme un village tout proche et m'offrait d'aller me cacher dans son grenier. Je ne pouvais bouger un doigt, encore moins me lever et faire deux kilomètres à pied.

Le paysan s'en alla et envoya des femmes pour s'occuper de la morte. Un autre habitant vint le lendemain, et me raconta comment les « otousbirs » avaient saccagé l'église, y avaient introduit leurs chevaux, brisé les icônes et emporté les objets précieux, qu'ils vendaient sur les routes. Les feuilles des livres saints, déchirés, ainsi que les vieux documents, se retrouvaient partout éparpillés. Notre bon prêtre, que les Turcs croyaient riche, fut torturé jusqu'à ce qu'il rendît son âme.

— C'est la fin du monde ! ajouta le paysan. La commune est presque déserte. Seul le boïar ne souffre de rien ; son aga le défend et ne lui coûte que de l'argent. Mais c'est cet otage qui nous coûte la vie.

Je me levai, péniblement, et me traînai jusqu'à la cour de notre maître, qu'on nommait *un des sept piliers du pays*. Le beau « pilier » refusa de m'entendre. Son intendant appela l'aga et osa timidement lui reprocher le crime perpétré dans ma famille. Il le pria de me rendre mes deux enfants.

— Comment ? s'écria le soi-disant *otage :* ne plus prendre ni filles ni garçons ? Cela ne se peut pas, bré !

L'intendant, qui ne manquait pas de cœur, m'assura qu'il ferait tout pour faciliter la fuite de ma fille, que l'aga avait enfermée dans la cour même du boïar. Quant au garçon, il était resté entre les mains des « otousbirs ».

J'allai à la maison, où ma femme reposait sur deux tables, entourée de cierges et de femmes qui pleuraient. Mon fils aîné s'occupa tout seul de l'enterrement. Je ne pouvais me tenir sur mes jambes. Ma poitrine était noire, je suffoquais sans cesse et croyais mourir. C'est ce qui décida mon fils à coucher ce soir-là chez moi. Il pleura toute la nuit.

Le lendemain, à midi, je me trouvais seul quand un homme se précipita dans la cour en criant :

— Vassili ! Vassili ! cours vite : sur la place de l'église les « otousbirs » veulent « turquiser » ton garçon !

Je sautai comme si je n'avais jamais eu de mal. Devant l'église, au milieu d'un rassemblement, mon garçon était hissé sur une chaise. Il avait l'air hébété, et le visage tout couvert de bleus. Un Turc lui enroulait la tête avec un long essuie-mains paysan et criait : *dorénavant cet enfant sera turc ; qui le touchera sera mis à mort !*

Défaillant, je levai les bras et hurlai :

— Païens !... Cet enfant est à moi !

A l'instant même, je vis mon grand fils accourir à toutes jambes, tête nue, les yeux écarquillés, un pistolet à deux canons dans chaque main. Il fit feu quatre fois sur les « otousbirs » et en descendit trois.

C'est tout ce que je pus voir, car le sang me jaillit par la bouche et par le nez, et je m'écroulai sans connaissance.

Pendant deux jours, je fus entre la vie et la mort, ne sachant rien de ce qui se passait dans ma maison. Des gens m'y avaient transporté. Il eût mieux valu que mes yeux restassent à jamais clos, car, dans la maison, mes deux fils, massacrés aussitôt après ma chute, attendaient le moment où on les mènerait rejoindre leur mère.

Nous étions le jeudi de la semaine de ma passion, à moi. Le vendredi, ce fut le tour de ma fille d'être envoyée auprès des trois autres. Elle n'y alla pas seule : s'étant échappée de chez l'aga, elle avait cherché refuge aurpès de sa belle-sœur, la veuve de mon fils ; elles furent étranglées ensemble.

N'est-ce pas, les épaules d'un seul homme sont trop faibles pour supporter tout cela en une semaine ?

Eh bien, vous verrez qu'à vingt-sept ans de distance, c'est-à-dire il y a six ans de cela, un autre malheur est tombé sur mes épaules de vieillard.

Il me restait une fille de seize ans qui habitait ici, à Bissoca, dans cette ferme que vous voyez en ruine et qui appartenait à mon frère. Le pauvre Mihai, quoique affectueux et plus aisé que moi, n'avait jamais voulu se marier. Il disait, avec raison, que « plus on s'attache à des créatures qu'on aime, plus on est malheureux quand on les perd ». C'était la perte d'un chien qui l'avait ainsi rendu.

Toutefois, il ne put résister à l'amour qui lui vint pour ma fille Mariouca, amour partagé par l'enfant, et il me la demanda :

— Je la marierai, moi, à un garçon de choix, et lui laisserai toute ma fortune.

Je la lui donnai. Elle n'avait à ce moment que douze ans. Depuis, je ne les avais plus revus, car les temps étaient devenus durs pour moi, et Bissoca était à huit jours de voiture du pays où j'habitais.

Mais alors, ma famille disparue, mes biens réduits à peu de chose, j'attelai deux chevaux, j'abandonnai les lieux de malheur et j'allai me jeter dans leurs bras.

Ce ne fut plus, pour moi, qu'une vie de pleurs, des pleurs dix ans durant. Mes yeux s'étaient desséchés à ne plus pouvoir se fermer. Je devins, pour les paysans de Bissoca, « le spectre de la forêt de hêtres ».

Ma fille, jeune, pleine de vie, gâtée par son oncle et assoiffée de bonheur, donna aux chers morts son tribut de larmes et retourna vite aux élans de jeunesse qui la réclamaient. C'eût été un crime que de lui en vouloir. Le bon Mihai, lui, par contre, frappé au cœur par mon désastre et confirmé dans la justesse de son opinion sur la vie, prit sur soi d'un homme né pour souffrir avec tout ce qui est souffrance, la moitié de ma douleur, lacéra son âme avec l'acharnement et s'éteignit comme un saint, deux années après mon arrivée à Bissoca.

Je restai seul, avec mes larmes, ma forêt et mes brebis. J'oubliai ma fille, laquelle, dépourvue de tendresse, s'appropria les idées de son oncle sur les dangers de l'affection et les pratiqua à rebours : elle aussi refusa de se créer un foyer, mais par manque d'amour maternel et pour mieux se livrer à un dévergondage effréné de passions. Ainsi, pendant que je courais les bois, Mariouca courait les *clacas*[1].

La malheureuse en fut durement punie, car, vers sa vingt-cinquième année, elle se fit faire un enfant qui lui coûta la vie en venant au monde.

1. Longues veillées paysannes, surtout les nuits d'hiver, où garçons et jeunes filles travaillent en commun et s'amusent, par des jeux, des chants et des récits de contes féeriques.

Sa mort ne me toucha pas outre mesure. Je m'étais habitué à vivre séparé d'elle. Je la considérais comme étrangère à notre famille. En échange, je devins fou de son bébé, un amour de fillette, qui remplit ma vie de joie et de pitié.

Plus de larmes. Plus de désespoir. Une douce charge venait maintenant donner un sens à ma vieillesse. Tous mes morts ressuscitèrent ; toute leur tendresse brilla dans les yeux noirs de ma petite Angelina. Je lui prodiguai des soins qui eussent rendu envieux un enfant de prince, et elle me gonfla le cœur d'un étourdissement qui fit croire aux paysans que j'avais perdu la raison. Avec mes soixante ans, je grimpais à la cime des arbres, d'où j'imitais pour elle le chant du coucou ; je revêtais la fourrure d'un ours que j'avais tué moi-même, et je dansais devant Angelina qui, âgée de six ans, me tambourinait le dos de sa menotte et chantait à la façon des Tziganes qui font danser leurs ours domptés :

Danse bien, mon brave Marine !
Et tu auras du pain et des olives !

Eh, mon Dieu ! Que de singeries, du matin au soir, pour la faire rire ! Sa voix avait l'éclat des notes hautes de l'accordéon. La fatigue même me semblait une volupté quand l'hiver, avec Angelina sur le dos et la luge sous le bras, je gravissais cent fois par jour la colline couverte d'une couche de neige dans laquelle je pataugeais jusqu'au ventre et qui me coupait le souffle ; mais aussi, quel grand-père était plus heureux que moi, au moment de la glissade avec ma poupée sur les genoux ?

J'ai vécu, accaparé par Angelina, les plus belles années de ma vie, de toute ma vie. Seul mon grand âge, vers sa quinzième année, me donna quelque souci du sort de la petite, au cas où je dusse disparaître. Elle était belle comme tout fruit d'un amour défendu. On aurait dit d'une de ces gamines nées d'une belle esclave tzigane et d'un beau seigneur terrien, tous les deux frappés de folie pendant une nuit d'été. Son caractère était pareil au nôtre ; elle ne ressemblait pas à sa mère ; elle m'aimait, me câlinait, se montrait sage, casanière. Ses promenades se bornaient aux alentours les plus proches, elle ne sortait jamais seule : à pied, à cheval, en voiture, nous étions inséparables. Et comme sa beauté n'était dépassée que par sa miséricorde, elle devint bientôt l'ange de tous ceux que l'hiver surprenait dépourvus de bois, de farine de leur provision de fromage.

Comment, Dieu cruel ! au milieu de ce grand bonheur, aurais-je pu songer à un ennemi qui, de loin, avait l'œil fixé sur toute ma raison de vivre, sur mon Angelina ? Et pourquoi ne m'était-il pas permis d'oublier mes anciens malheurs, de jouir de ce que je considérais comme une récompense divine, et de ne plus craindre la férocité humaine ? Ne l'avais-je pas assez abreuvée du sang des miens ?

Et cependant, si j'avais pu surmonter une seule minute ma béatitude de vieux fou, il m'eût été facile de voir cet ennemi, car à plusieurs reprises j'avais plongé mes yeux dans les siens et entendu sa voix.

C'était le supérieur du monastère Orbou, bandit *Koutzo-Vlaque* de cette Macédoine dont certains habitants changent de nation plus souvent que de chemise, et qui ne sont ni roumains, ni grecs, ni bulgares, ni hommes. On le connaissait comme grand intrigant et puissamment protégé, mais sur sa conduite de satyre il ne circulait que des rumeurs. Son monastère est un de ceux qui ont raflé le plus de terre et de montagnes boisées aux pauvres communautés paysannes d'autrefois. Les esclaves tziganes fourmillent sur ses domaines.

Le *staretz* d'Orbou daignait parfois honorer de sa présence nos vêpres du dimanche. Je m'y trouvais régulièrement avec Angelina. Il vit la colombe et l'enveloppa dans ses regards flamboyants. Depuis, ses visites devinrent plus fréquentes, jusqu'à ce que s'approchant de nous, un dimanche, il m'adressât la parole, portât le dos de sa main droite à nos lèvres, puis, réunissant les mains sur la tête d'or de la jeune fille, lui donnât une chaude bénédiction :

— Que la *pronia* céleste, ma belle Angelina, t'ait sous sa protection, et qu'elle dirige tes pas sur le chemin du bonheur. *Amen.*

Les paysans qui furent témoins de cette marque d'attention nous envièrent. Ils ne nous envièrent plus, huit jours plus tard, quand, en sortant pour faire une randonnée dans les bois avec Angelina, nous fûmes assaillis par une bande armée qui, en un clin d'œil, emporta mon enfant et me laissa, moi, sur place, inanimé. Une dégelée de gourdins sur la tête m'avait fait aussitôt perdre la notion de l'existence du monde et admettre qu'il avait disparu en même temps que moi.

Je ne suis pas mort, car je dois avoir « sept âmes », comme le chat, mais c'est depuis lors que mes oreilles restent là, inutiles, indifférentes à tout ce qui est bruit.

Il y a six ans de cela.

Le monastère Orbou, nid de jouissance terrestre et de fumisterie divine, abrite toujours dans ses murailles son monstre, qu'on nomme « supérieur ».

Mon Angelina, elle, n'y est plus !

Trois mois après l'enlèvement, en quittant le lit, j'ai pris — vieillard sourd et défaillant — le chemin de Bucarest, pour me plaindre au Divan du pays. Le Divan, un peu ennuyé de ces histoires monacales, me promit une enquête, et l'enquête conclut que *cette Angelina, étant la fille d'une coureuse, n'était peut-être pas si innocente que son grand-père le prétendait...*

Ainsi, tout ce que je pus obtenir, ce fut que les portes du monastère s'ouvrissent, six mois après le jour où elles s'étaient fermées sur mon enfant, et qu'Angelina me tombât dans les bras. Mais ce n'était plus ma petite-fille. C'était un revenant.

Le son de sa voix, je ne pouvais plus l'entendre. Cela ne fut même pas nécessaire, car elle ne parla pas, ayant à moitié perdu la raison, et elle mourut au bout de trois semaines.

Je me suis séparé du monde, j'ai abandonné la ferme, je n'ai plus mis dans ma bouche que du pain sec et de l'eau, afin d'en finir plus vite.

Mais, vous le voyez : la mort elle-même est dure pour les malheureux !

*

Le cheval n'attend pas d'invitation pour manger de l'avoine, dit-on, mais le haïdouc attend moins encore pour exercer une vengeance.

Quand nous fûmes réunis à nouveau autour du feu, et que notre capitaine consulta d'un regard les visages immobiles de ses hommes, il n'y lut qu'une seule réponse d'un bout à l'autre du rang :

— Oui, disaient toutes ces faces cuivrées, punir le supérieur d'Orbou. Il le faut !

— C'est entendu, amis, conclut Floarea Codrilor. Mais je vous préviens que, de tous les potentats de la terre, les religieux sont ceux qui savent le mieux se défendre...

— Tant pis, tant pis ! criâmes-nous, Spilca le moine le premier.

Elie le sage, cependant, n'avait pas bronché. Tous les regards se portèrent sur lui :

— Qu'en dis-tu, Elie ?

— Je dis comme Floarea : les religieux savent se défendre, sur la terre et dans le ciel...

— Ce n'est pas tout, reprit le capitaine. D'abord, vous ne savez pas que le supérieur d'Orbou, c'est l'ancien prieur du monastère de Snagov, le terrible père Kiriac...

— Le père Kiriac ? Ce monstre ?

— Lui, parfaitement, l'homme qui, par ses intrigues, a fait tomber les têtes de trois braves boïars, patriotes sincères, puis, déchaîné une terreur qui a décimé la population d'un département. Ensuite, ce que vous ignorez, c'est que cet animal me connaît très bien. J'ai habité Snagov à son époque, j'ai été son hôtesse et il a été mon hôte avant qu'il se fût révélé tel qu'il devait être, plus tard. Lors de mon récit, je n'ai pas cru nécessaire de vous raconter toute ma vie. Vous-mêmes ne l'avez pas fait. On se connaît, à la longue.

« Eh bien, sachez qu'avant de partir pour Constantinople, j'ai tenu à Snagov, près de Bucarest, une maison qui fut en son temps fréquentée par ce qu'on nomme " l'élite du pays ". Cette maison existe encore, et elle m'appartient. C'est là-bas que j'ai fait de la haïdoucie à ma façon, c'est-à-dire le plus de bien au peuple, le plus de mal à ses ennemis, mais sans me mettre hors la loi. Au contraire, protégée par elle. Question de malice féminine. J'espère la retrouver, et avec vous, si vous le voulez, car la meilleure haïdoucie est celle qui plie les lois à sa besogne.

« Donc, nous aurons affaire à un *religieux,* ce religieux est le *père Kiriac,* et ce père Kiriac *me connaît.*

« Il y a un quatrième point, et le plus gros de tous : c'est *l'imprévu,* cause de la plupart des malheurs dans la vie.

« Il ne s'agit pas uniquement de bravoure. Je vous crois tous assez vaillants pour aller vous casser la tête contre les portes blindées de la forteresse qu'est le monastère d'Orbou. Mais après ?

« Non, amis. Mourir, c'est facile. Vivre l'est moins. Et maintenant, je vais songer à tous ces obstacles, en allant à Orbou ; songez-y, vous, de votre côté. »

Quatre heures de marche cahotante, par une nuit noire, nous firent aborder le bois épais qui domine Orbou. Hommes et bêtes étaient couverts d'égratignures, dues aux ronces et aux branches.

Notre humeur, celle des chevaux comprise, n'avait rien d'aimable. Et l'humidité ! L'humidité ! Nos poches même étaient mouillées ! Sacrée saison !

L'aube de ce jour, elle aussi, s'annonçait morne comme l'incertitude de notre entreprise. Toute l'étendue de la vallée régie par le prieur était engloutie sous une mer de brouillard immobile, aussi sinistre que l'affreux monastère dont la masse grisâtre, plantée sur une éminence, émergeait cyniquement de la brume.

Movila, notre *vataf,* lui montra son poing menaçant. Un tintement de cloche, à peine perceptible, lui répondit. Les moines allaient, à la queue leu leu, prier Dieu pour que le règne des cloîtres sur la terre ne cessât jamais.

On voulut faire du feu, ce premier ami du haïdouc après le fusil, le cheval et le vin. Floarea s'y opposa :

— Pas de feu ! Nous nous trouvons à l'orée du bois, la fumée pourrait nous trahir. Mais, comme nous devons passer ici toute la journée, jusque tard dans la nuit, et que nous ne pouvons pas non plus grelotter quinze heures durant, connaissez-vous le moyen de faire du feu sans fumée ?

Personne ne sut répondre.

— Eh bien, allez à deux kilomètres d'ici, vous y trouverez une charbonnière. Moyennant cette calebasse d'eau-de-vie, les ouvriers vous laisseront prendre du charbon de bois tant que vous en voudrez. Dissimulez bien vos armes et ne soyez pas trop bavards.

Les visages, assombris, s'épanouirent.

— Que tu vives, capitaine! cria Movila. Ah, maintenant j'en suis sûr : le prieur, la nuit prochaine, n'en mènera pas large avec une pareille amoureuse!

Deux hommes partirent en courant et revinrent, moins d'une heure plus tard, portant chacun un sac de charbon sur le dos.

— Allumez par petites quantités, et alimentez le feu à mesure, commanda Floarea.

Puis — quand la chaleur et le café fumant de nos gamelles nous eurent remonté le cœur — elle nous exposa son plan :

— Vous savez que les haïdoucs ont l'habitude de fondre sur l'ennemi et de tuer sans trop se soucier du sang innocent qu'ils versent. Ce moyen, il faut le réserver pour les cas extrêmes. N'oublions jamais que les domestiques qui défendent un maître ne le font pas toujours avec enthousiasme. Il faut les épargner autant que possible.

« Ce soir, il n'y aura pas d'attaque, si les choses vont comme je le suppose. Voici : vers les dix heures, je m'annoncerai, avec mon fils Jérémie, au prieur, en lui demandant l'hospitalité pour la nuit. Deux hommes doivent me faire suite. L'un sera Elie. Et l'autre?

— Moi ! dit Spilca ; j'ai été moine, je connais les habitudes.

— Très bien... Elie et Spilca seront de notre suite. Maintenant, écoutez. La besogne devra se faire à nous quatre, d'après le plan suivant : tout monastère a un moine concierge qui veille la nuit, et un aide-concierge, qui est un Tzigane esclave, homme fort, intrépide, dangereux. Dès notre réception — qui est certaine, car je donnerai mon vrai nom — ces deux hommes devront être surveillés de près par Elie et Spilca, qui resteront en bas, à la pitance. S'ils deviennent suspects — c'est-à-dire si le prieur glisse une consigne spéciale à notre égard — alors il faudra assassiner adroitement ces hommes et prendre possession de la porte. Ne pas tuer le portier tzigane avant qu'il ait refusé la proposition que vous lui ferez de nous suivre.

« C'est tout, jusqu'ici. Pour le prieur je m'en chargerai moi seule ou aidée de Jérémie, selon les circonstances. J'espère réussir, en me fondant sur les trois points qui étaient, tout à l'heure, contre nous : c'est un religieux, donc un homme toujours enchanté d'avoir affaire à une belle femme ; ce religieux est le père *Kiriac*, un monstre, qui précisément ne craindra rien parce qu'il est puissant ; ensuite, il *me connaît* comme ancienne femme galante de Snagov, grosse marchande de soieries du Levant.

« Mais, voilà ! Le quatrième point vote contre

nous : *l'imprévu*. Là-dessus, il est inutile de discuter. Tout ce que nous pouvons faire, c'est de l'envisager.

« Au cas, donc, où cet imprévu bouleverserait mon plan, Movila, qui attendra ici avec ses quatorze hommes, le saura si, passé minuit, il ne nous voit pas réapparaître. Nous ne serons peut-être pas morts, mais prisonniers. Alors il viendra frapper à la porte du monastère, toujours pour demander asile, renversera les gardiens par surprise et donnera l'assaut hardiment.

« Mais en cas extrême, attendez-vous à tous les malheurs. »

Décidément, non ! Les anciens compagnons de Cosma n'étaient pas habitués à un capitaine aux calculs si froids. Ils aimaient mieux s'échauffer la tête avec du vin, ne pas trop prévoir et beaucoup oser. Quant à l'issue d'une aventure : question de veine. Et puis, on ne meurt qu'une fois !

Au lieu de cela, on leur demandait maintenant de devenir charretiers, d'éclairer tout un peuple abruti, et de mettre des gants pour saccager un nid de vipères.

Et le trésor du monastère ? Est-ce qu'on ne devait pas y toucher non plus ? Floarea Codrilor l'avait passé sous silence, noblement. Mais les gars ne s'enivrent pas avec de telles noblesses.

C'est pourquoi Elie prit Movila à part et lui dit :

— Tu n'attendras pas, avec les hommes, jusqu'à minuit. Ce monastère est un des plus riches. Si nous ne sortons pas de ses murs pour monter à la potence, il faut en sortir chargés d'or. Suivez-nous donc, une heure après notre départ d'ici, et tenez-vous à une portée de fusil : au premier sifflement, accourez. Et faites comme si le capitaine était absent.

Movila passa ce mot d'ordre aux haïdoucs qui nettoyaient leurs armes, et il les rasséréna un peu. Elie, en sage qu'il était, sut les égayer encore davantage : il prit trois hommes, s'en alla, le diable sait où, et revint vers la fin de l'après-midi avec un beau mouton sur les épaules ; les trois compagnons portaient chacun une dame-jeanne de dix *okas* de vin.

Toutes ces bonnes choses allèrent combler des vides qui, sûrement, ne sont pas faits pour donner courage. Les haïdoucs aiment peu les jeûnes et les prières. Floarea elle-même nous tint compagnie, quoique à son habitude elle picorât comme une authentique *domnitza*.

Pendant ce temps, le soleil nous faisait ses adieux en perçant brusquement la couche du brouillard. Des lames rouges superposées labourèrent le ciel à l'horizon. Quelques rayons se glissèrent parmi les troncs des arbres et dorèrent nos visages. Elie les accueillit aux sons étouffés de sa flûte.

Notre capitaine se leva, ouvrit sa balle et en

tira les vêtements les plus chers : manteaux d'hermine, large pantalon de soie brodée, tel que le portent les femmes turques à la place des jupes ; veston court de velours, fichu persan orné de papillons d'or. Elle se para de toutes ses bagues et du diadème, et glissa dans sa ceinture un poignard dont la pointe était empoisonnée.

Comme fils d'une si grande dame, je fus invité à mettre mon bonnet d'astrakan, mes bottes de cuir russe verni, et à ajuster ma mise à la circonstance. Spilca et Elie camouflèrent eux aussi leur tenue et en firent quelque chose d'aussi « brave » que possible, mais ils bourrèrent leurs ceintures de pistolets et de coutelas. Par-dessus les manteaux, eux seuls devaient porter des fusils, bien en vue et très honnêtement, comme en porte n'importe quel homme de la suite d'un richard, en voyage sur des routes incertaines.

La nuit plongea le monde dans l'obscurité.

— Couvrez le brasier avec de la cendre, dit le capitaine.

Peu après, nos quatre montures prenaient le chemin du monastère.

C'était une vaste bâtisse rectangulaire, entourée de murailles et édifiée sur une hauteur, loin de toute habitation. On n'apercevait aucune lumière, que ce fût dans la cour des travaux ou dans celle des visiteurs.

Nous frappâmes à la porte de cette dernière qui

s'ouvrait à tout venant désireux de passer une nuit à *l'arkhondarie*[1]. Une cloche sonna pour nous annoncer, puis, le portail, lourdement chargé de ferrures, tourna sur ses gonds et un moine, lanterne à la main, nous ouvrit passage.

Tenant les chevaux par le mors, nous entrions dans la cour, quand, soudain, à la faible lumière du falot, un diable surgit devant nous — et nous crûmes vraiment au diable, tout haïdoucs que nous étions ! Le moine, embarrassé par notre frayeur, nous expliqua :

— C'est un Tzigane esclave qui s'était enfui ; rattrapé, on lui a mis les fers, comme c'est l'usage dans le pays.

Ces fers et cet usage — dont nous avions entendu parler — n'étaient ni plus ni moins qu'une barbarie : le Tzigane qui se tenait devant nous, un colosse, n'avait plus rien d'humain. Des cornes en fer, énormes, lui montaient des deux côtés de la tête. Elles étaient rivées à un cercle également en fer, qui lui serrait le crâne au niveau du front, et ce cercle, pour qu'il ne fût pas enlevé, était à son tour fixé, au moyen de deux lames verticales, à un autre cercle qui lui entourait le cou.

L'homme traînait en outre une longue chaîne à sa cheville droite ; l'autre extrémité était fixée au mur, près de sa niche.

1. Appartements réservés aux hôtes.

Et le malheureux devait vivre dans cet état-là, faire son service et dormir la nuit martyrisé par ses cornes et leur appareil.

Notre amie le considéra longuement, frémissant de colère. Il nous regardait aussi, avec des yeux humains, mais Dieu sait ce qui se passait dans sa cervelle ! Son corps d'Hercule, sculptural et presque nu, était répugnant de saleté. Des grosses moustaches, noires comme tout le reste de son visage, lui tombaient jusque sur la poitrine.

Le moine referma le portail, conduisit nos bêtes à l'écurie et nous demanda de le suivre. Floarea le pria de nous annoncer au supérieur.

— Sa Sainteté ne reçoit plus aujourd'hui, répondit le concierge.

— Veuillez aller lui dire que c'est *joupîneassa* Floritchica de Snagov, qui lui rend visite. Il nous recevra.

L'envoyé partit à petits pas, son falot à la main, mais, lorsqu'il fut au milieu de la cour, rebroussa chemin :

— Suivez-moi jusqu'à la salle d'attente ; c'est trop loin pour que je fasse deux fois le chemin, au cas où vous seriez reçus.

Nous traversâmes un long couloir qui sentait le moisi, puis une interminable galerie qui aboutissait à un réfectoire plein de placards et d'armoires, et enfin nous nous trouvâmes dans la salle d'attente, pièce faiblement éclairée par deux veilleuses.

Ici, le terrible imprévu dont parlait Floarea éclata comme un coup de foudre : au moment de nous quitter pour entrer chez le prieur le moine souleva le falot au niveau de nos visages et nous examina indiscrètement. Son regard rencontrant celui de Spilca, les deux hommes écarquillèrent les yeux et firent un mouvement de recul, mais rien que le temps d'une seconde, puis le concierge baissa la tête et disparut par une porte.

Restés seuls, Spilca se frappa les deux joues avec les mains et nous chuchota entre les dents :

— Nous sommes perdus ! Ce moine me connaît du mont Athos, où j'ai tué mon prieur qui était aussi le sien ! Il va me dénoncer !

Sa consternation nous rendit muets pendant quelques instants... Elie eut tout juste le temps de souffler au capitaine :

« Garde le calme, nous ferons le nécessaire ; nos hommes seront bientôt sous les murs du monastère. »

La porte s'ouvrit. Le père Kiriac apparut enveloppé dans un long manteau de bure, tête nue. C'était un gros bonhomme ventru ; visage roux, sanguinaire ; regard d'épileptique.

Feignant une courtoisie qui déguisait à peine son inquiétude, il s'exclama, d'une voix cassée de buveur oisif :

— Tiens !... Floritchica ! Ou : *domnitza de*

Snagov, ainsi que paysans et boïars vous appelaient autrefois ! Entrez donc ! Quant à la *compagnie* de Madame, elle voudra bien suivre le frère concierge.

(En prononçant le mot « compagnie », il plongea son regard dans les yeux de Spilca.)

— Dans cette compagnie, répliqua Floarea, ce jeune homme est mon fils Jérémie : si cela ne vous contrarie pas trop, j'aimerais le garder près de moi.

— Ah ! Votre fils ? Vous en aviez un ? Je l'ignorais. Eh bien, qu'il attende une minute dans cette salle. Entrez, vous, d'abord.

Il se tint sur le pas de sa porte et ne nous donna pas la bénédiction d'usage.

Floarea passa calmement dans la chambre du prieur qui ferma la porte.

Maintenant, nous savions ce qu'il nous restait à faire ; mais le concierge le savait-il ?

Immobile, un instant, le menton collé à la poitrine, il avait l'air de songer en contemplant le sol qui devait l'engloutir avant que la minute donnée par le prieur se fût écoulée — et brusquement il se mit à courir à menus pas, suivi par Spilca et Elie, traversa la salle d'attente, puis le réfectoire, et voulut ouvrir la porte de la galerie.

Là !

D'un bond de panthère, Spilca lui sauta dessus et le bâillonna. La seconde suivante, son cœur recevait le coutelas d'Elie, sans un cri, sans un gémissement.

On lui arracha la clef du portail. Le corps en convulsions fut aussitôt jeté dans un placard. Et les deux amis s'enfuirent vers le salut.

De la salle d'attente — craignant d'un instant à l'autre la réapparition du prieur — je regardai la scène brève de l'assassinat avec la tranquillité de l'homme qui suit des yeux le jeu d'un chat jouant avec sa pelote. Quand ce fut fini, je fermai la porte du réfectoire et pris place.

Au bout d'un petit quart d'heure, « Sa Sainteté » ouvrit et m'appela :

— Je ne vous ai pas fait trop attendre ? me dit-il d'un ton bourru, glacial, qui m'étonna, tellement je le trouvai méchant.

Sa figure, également, avait jeté son masque d'amabilité voulue. Que s'était-il passé ? J'eusse donné le ciel et la terre pour le savoir, mais au coup d'œil que j'échangeai avec Floarea — pour lui annoncer que *tout était en règle* — je ne pus rien deviner.

Nous étions dans une salle de réception-bibliothèque dont l'extrême simplicité, plutôt l'incommodité, ne prouvait autre chose sinon l'affectation de pauvreté habituelle aux ecclésiastiques. Au milieu, une grande table en bois vermoulu et des chaises boiteuses.

Le prieur s'assit et m'invita à faire de même, puis, s'adressant à Floarea :

— Il y a longtemps que vous êtes rentrée de Constantinople ? demanda-t-il, en regardant agressivement à travers ses sourcils touffus et roussâtres.

— Quelques mois...

— C'est, si je ne m'abuse, en compagnie de l'archonte Samourakis, que vous êtes rentrée ?...

— Pourquoi cette question ?

— Parce que l'archonte a été un bon ami à moi...

— Eh bien, oui : nous sommes venus ensemble...

— ... Et c'est ensemble que vous avez habité dans sa maison, près du Sereth — pas ?

Notre amie sentit le désastre et l'accepta avec calme :

— Je m'aperçois, père Kiriac, qu'après m'avoir proposé tout à l'heure de coucher avec vous, c'est à un vrai interrogatoire que vous me soumettez en ce moment !

— C'en est un, chère « domnitza de Snagov », et vous m'expliquerez le mystère de cette aventure qui coûta la vie à l'archonte.

— Je n'ai rien à vous expliquer...

— Nous verrons ça !

Comme il était assis près de la porte par laquelle nous venions d'entrer, il se leva mollement, en ferma la serrure et mit la clef dans sa poche, geste qui me fit porter la main à mes pistolets, mais Floritchica, par un signe rapide, me désapprouva. Et ce fut avec raison, car, au même moment, une porte à deux battants s'ouvrit derrière nous et quatre hommes apparurent. Ils nous ligotèrent en un clin d'œil. Nous n'opposâmes aucune résistance.

Debout au milieu de la salle et sombre comme un bourreau, le prieur crut nous foudroyer avec ses yeux d'oie. Floarea lui dit :

— Avez-vous connu, il y a six ans, une jeune fille de Bissoca, appelée Angelina ?

— Peut-être...

— C'est en employant des moyens analogues à ceux-ci que vous avez vaincu sa résistance à vos grâces ?

— Pas tout à fait...

— Et vous ne croyez pas qu'en me prenant pour une Angelina, vous pourriez vous casser les dents ?

— Je ne vois pas très bien comment, car, à l'heure qu'il est, vos deux compagnons doivent avoir déjà avoué le but de votre visite au monastère d'Orbou. Je serais moins dur avec vous qu'on ne l'a été, peut-être, avec eux, si vous vouliez avouer dès à présent votre part d'impiété dans l'assassinat de l'archonte Samourakis.

— Ma part d'impiété ? C'est vous qui parlez d'impiété ? Vous, qui ravissez des jeunes filles, les violez et les assassinez ? Vous, qui faites tomber des têtes et qui écrasez des populations innocentes ? Vous, qui mettez des cornes de fer à des êtres qui vous servent et que Dieu a doués de la parole ? C'est *toi* qui parles d'impiété, *toi !* Saloperie monacale !

Je n'ai jamais vu Floarea Codrilor si belle qu'à ce moment-là, les mains attachées derrière le dos, le visage embrasé par la colère, la tête, parée du diadème, fièrement lancée en arrière, ses yeux noirs agrandis et étincelants.

Blême, le prieur demanda des ciseaux. Assise sur la chaise, la haïdouque ne broncha pas. Il lui ôta le diadème et le manteau, coupa ses vêtements depuis la nuque jusqu'en bas, écarta les lambeaux et, exhibant le dos nu, cria à un de ses geôliers, qui tenait un nerf de bœuf à la main :

— Frappe, une fois !

Puis, regardant Floarea dans les yeux :

— Il est inutile de faire du tapage : ici l'on n'entend que le bruit dont je veux, moi, qu'il soit entendu !

La bête frappa sans pitié. Une trace rouge, qui devint aussitôt bleue, apparut en travers des omoplates.

Pas un murmure. Seul le corps trembla...

Je fus fier d'être le fils d'une telle femme !

— Avoue, aventurière ! hurla le saint homme.

Point de réponse.

Un signe du supérieur fut suivi d'un second

coup, qui secoua la suppliciée. La première enflure, crevée en deux endroits, fit gicler le sang abondamment.

Toujours pas de cri. Ah, combien grand était mon désir de la remplacer, et lui prouver que, moi aussi, j'étais haïdouc !

Face à l'armoire vitrée, garnie de livres saints, notre capitaine méditait, peut-être, à tant de sagesse miséricordieuse tournée en instrument de torture, quand la poignée de la porte qui donnait sur la salle d'attente bougea doucement.

Le bourreau perçut le faible bruit de la serrure et tressaillit :

— C'est toi, Marco ? Qu'est-ce qu'il y a ?

La réponse, immédiate, fut une détonation qui ébranla le bâtiment : la porte vola contre le prieur, qui fut renversé, et, sur la porte, on vit allongée la masse noire du Tzigane « cornard », derrière lequel pénétraient les haïdoucs. Le coup et l'ahurissement furent tels que personne n'eut le temps de se demander ce qui venait de se passer. Munis de sacs et de cordes, le Tzigane d'un côté, nos compagnons de l'autre, eurent vite fait de garrotter le prieur et ses quatre chenapans, de leur envelopper la tête jusqu'à les étouffer. Et à peine ce travail accompli, l'esclave, lâchant son maître, se livra aussitôt à un massacre tel que je n'en ai jamais vu de semblable dans ma vie de haïdouc : faisant tournoyer dans sa main, comme une fronde, la lourde chaîne qu'il traînait à sa cheville une heure auparavant, il la précipita, à coups répétés, sur les crânes des quatre sbires qui gisaient à terre. Sacs, os et cervelle ne firent bientôt plus qu'un hachis horrible. Puis, sans souffler mot, l'épouvantable démon revint au prieur, sa vengeance capitale, lui arracha les chiffons, mit la tête à nu, et, un genou sur la poitrine, face contre face, ses énormes pattes commencèrent une sorte d'étranglement par petits coups. Le moine tyran semblait à demi mort : quand la pression durait trop, ses yeux restaient longtemps fermés avant de se rouvrir. En ces instants-là, le Tzigane bondissait par toute la chambre, se jetait sur sa victime, lui mordait le nez, les oreilles, la gorge, et le piquait avec tant de furie de ses cornes de fer qu'il se blessa lui-même au front avec l'appareil, et que le sang lui ruisselait sur le visage.

A la fin, empoignant sa chaîne, il lui broya la tête.

Pendant ce temps, nos amis nous libéraient les mains et fouillaient l'appartement du père Kiriac, où un gros butin les attendait.

Les cloches du monastère Orbou appelaient les moines à la prière de minuit, quand notre troupe, enrichie de dix mille ducats et d'un ancien esclave délivré de ses cornes, prit le chemin de sa destinée.

Seule Floritchica avait de quoi se plaindre un peu.

III

TAZLAU

— Mille et mille tristesses rongent, en une vie, l'âme de l'être généreux ; mais aucune ne lui est si pénible que la souffrance de son prochain : c'est cela, *l'âme haïdouque !*

« La terre est si belle, nos sens si puissants, les nécessités de la bouche si infimes, que, véritablement, il faut être venu au monde sans yeux, sans cœur, et rien qu'avec le besoin de dévorer, pour se réduire à écraser son semblable et à enlaidir l'existence plutôt que de préférer la justice, la pitié, le droit d'autrui au bonheur.

« C'est en cela que le haïdouc se sépare de la société, de la société des dévorants, et devient son ennemi.

« Il n'est pas cruel. Nullement sanguinaire. S'il tue, c'est parce que la cruauté de ses ennemis l'y oblige.

« Le haïdouc, c'est l'homme né bon, et seule la bonté nous distingue de l'animalité : elle est l'unique distinction de la vie humaine.

« En gagnant la forêt et en se mettant hors la loi, tout vrai haïdouc reste bon, point rancuneux, indulgent à l'erreur. Il n'oublie pas que ce qui fait la grandeur d'un chef, c'est surtout la compréhension. Sans quoi les gospodars sauraient commander, eux aussi. Il n'oublie pas non plus qu'il est un révolté généreux : pour lui, le meurtre et le pillage ne sont pas un but.

« Le haïdouc n'est pas un bandit.

« Tout homme doit être haïdouc pour que le monde devienne meilleur. »

C'est par ces paroles que Floarea Codrilor ouvrit l'assemblée des haïdoucs de Tazlau.

Se trouvaient présentes les quatre plus belles figures de ce temps-là : Groza, Jiano, Codreano et Boujor. Les hommes qui les accompagnaient étaient au nombre de deux cents environ, touchante réunion de frères mus par les mêmes sentiments, poursuivis par les mêmes potéras, menacés par le même destin.

Une forêt séculaire, en grande partie vierge, les abritait de toute surprise. L'ours, le loup, le sanglier, la marmotte en étaient les habitants bien moins injustes et moins dangereux que l'homme. On sentait leur voisinage et on ne s'en inquiétait pas : les braves bêtes se contentaient de déchirer aujourd'hui un mouton, demain un porc mi-sauvage, et fuyaient l'être que nul animal ne dépasse en gloutonnerie.

Le campement des proscrits était une vaste prairie bordée de fougères. L'odeur du mélilot, apportée d'une proche campagne par la brise, l'embaumait. Juste en dessous, très bas, le Faucon tumultueux se jetait avec violence dans les bras de son frère aîné le Tazlau, qui le recevait en lui murmurant des reproches amicaux, cependant que les merles, irrités de ne pas pouvoir dominer le bruit du torrent, s'égosillaient avec rage.

Tout ce monde de haïdoucs nous attendait là depuis quelques jours. L'apparition de notre capitaine, chevauchant sur son coursier bistre, fut saluée par deux cents bonnets lancés vers les faîtes des arbres :

— Vive Floarea Codrilor !

— Vive la femme haïdouque !

Groza, son ami d'enfance, et le chantre Joakime, leur maître de grec, se précipitèrent les premiers pour l'embrasser. Les autres chefs firent de même sans trop demander permission, comme il est d'usage entre haïdoucs. Elle les accueillit tous avec des élans de « sœur passionnée », mais ce fut au bon Joakime qu'allèrent ses caresses les plus tendres :

— Mon ami ! Mon amoureux ! Tu as beaucoup vieilli ! M'aimeras-tu encore comme jadis ? Te fais-tu à la vie de haïdouc ?

Le chantre se lamentait :

— O Floritchica ! Mes amours ne tiennent plus

de ce monde, et ma haïdoucie n'est qu'un soupir du cœur ! Je vis comme les arbres, qui ne font aucun mal aux oiseaux du Seigneur. Matin et soir, je m'étonne de tout ce que je vois, et je pleure beaucoup.

Nous fûmes surpris d'apprendre que la nouvelle de notre coup au monastère Orbou nous avait devancés, mais, affirmaient les capitaines, on en ignorait les auteurs et l'on soupçonnait Groza.

Cet exploit, jugé audacieux pour la poignée d'hommes de troupe, donna à Floarea tout le prestige dont elle avait besoin pour parler avec autorité à quatre chefs et à deux cents haïdoucs des plus fameux.

Elle bouscula les bases de la haïdoucie primitive, en professant d'emblée son mépris pour tout révolté qui n'était pas doublé d'un idéaliste, et continua hardiment à développer ses idées.

— Il est plus facile de tuer un homme que de le convaincre. Les peuples ont toujours mis moins de temps à se soumettre aux ordres des chefs qui les envoyaient au massacre, qu'ils n'en ont mis à se persuader de la justesse d'une parole sage.

« C'est là que gît le mal dont souffre l'humanité, mais de ce mal personne n'est fautif, et c'est pourquoi nous le devons tolérer. Nous devons comprendre la vie telle qu'elle est, telle que nous la voyons.

« La substance humaine est d'une composition fort diverse : la bonne qualité y est rare et se trouve débordée par la mauvaise. Les végétaux nutritifs et les fleurs sont étouffés par les herbes inutiles.

« A qui la faute si le monde est tel qu'il est ? Ses tyrans ne sont pas descendus de la lune pour terroriser, mais ils ont bel et bien surgi de la famille humaine. On est esclave ou esclavagiste, voilà les deux aspects de la chose pour la plupart des hommes. Le milieu entre ces deux atroces extrémités de la vie, *l'homme juste,* est aussi rare que le diamant parmi les cailloux.

« Prenez neuf cent quatre-vingt-dix-neuf habitants de la terre sur mille et regardez-les de face : ce sont des humbles. Palpez-leur le crâne : vous y découvrez la bosse du tyran.

« Il n'y a presque point de misérable qui ne tyrannise un plus misérable, ne serait-ce que sa femme, son âne ou son chien.

« Ne me parlez donc pas d'une humanité divisée en deux. Je ne reconnais que le trait qui sépare le *juste* de l'*injuste,* le *bon* du *méchant.*

« Partager le monde en ceux *d'en haut* et en ceux *d'en bas,* n'attribuer aux premiers rien que des défauts, aux seconds rien que des qualités, et vouloir détruire les uns, pour livrer la terre aux autres, ce serait ne rien changer à la vie d'aujourd'hui, parce qu'il est rare de trouver des étranglés qui n'aient jamais voulu être des étrangleurs.

Néanmoins, les grands criminels restent, sans conteste, les hommes qui gouvernent le monde et qui manquent à leur unique devoir : celui d'obliger ce monde à la justice, en étant d'abord justes eux-mêmes.

« Ce sont ces criminels-là que le haïdouc doit pourchasser, car, si l'homme n'est pas fautif d'être méchant et vorace tant qu'il est un assujetti, sa faute tourne en crime d'Etat, le jour où il prend le gouvernail d'un peuple pour mieux l'écraser.

« Haïdoucs ! En attendant que la meute de loups devienne troupeau de brebis, notre espoir d'une vie meilleure doit s'attacher aux hommes qui souffrent. Ils sont de deux espèces : ceux qui vivent dans la peine, et ceux que torture la générosité de leur cœur.

« Je ne saurais vous dire laquelle des deux sortes serait la plus ferme dans la bonté, mais je sais qu'aussi longtemps qu'un homme souffre, on peut lui faire confiance.

« Par contre, guerre sans merci à tout homme qui reste indifférent devant la douleur universelle, et plus particulièrement à celui qui, en mesure d'exercer la justice, ne le fait pas.

« Cet homme indifférent, il faut le traquer là où il se trouve, et le considérer comme notre ennemi alors même qu'il serait notre propre frère, car c'est surtout à l'indifférence, aux indifférents, que les tyrans doivent de se maintenir.

« Et il nous faut également aller à la recherche du héros qui compatit avec les écrasés de la vie, principalement lorsqu'il est un fortuné, et même un puissant. Ils ne sont pas nombreux, ces héros-là, mais il y en a, j'en connais plusieurs, et je les sais prêts à tout mettre en jeu pour le salut de la patrie : ne leur faites pas le tort de les confondre avec la horde éblouissante des tyrans qui les entourent. Ce serait faire preuve d'une injustice criante que de dénier à un homme générosité, bonté, droiture, parce que sa naissance l'a placé parmi les étrangleurs. Qui naît où il voudrait ? Et quel est le milieu social dans lequel un homme juste se sentirait le plus avantageusement placé ?

« Nous en avons un exemple frappant devant nos yeux, notre ami Jiano. Il est né dans la noblesse et la fortune, cadet d'une lignée de frères qui sont, tous, nos ennemis, et il aurait dû l'être lui-même si son âme haïdouque ne l'avait obligé à partir en haïdoucie. Aujourd'hui, Jiano partage notre vie et notre sort ; sa tête est mise à prix comme les nôtres, et il n'est pas exclu qu'il finisse au gibet, tout fils de grand boïar qu'il est.

« Eh bien, Jiano n'est pas le seul boïar au cœur haïdouc. Mais tout le monde ne peut pas gagner la montagne. D'ailleurs, je doute fort que la meilleure haïdoucie soit celle qui se met hors la loi, et c'est pourquoi, jusqu'à ce jour, appuyée par une jeunesse enthousiaste, j'ai agi, à Snagov d'abord, à Constantinople ensuite, plus utilement que tous les haïdoucs qui opèrent dans le *codrou*[1].

« C'est grâce, en partie, à mes relations avec les ambassadeurs de France et d'Angleterre à Stamboul, le général Aupick et lord Canning, qu'a été renversé le rapace Michel Stourdza et que l'humain Grégoire Ghica est monté sur le trône de Moldavie. C'est moi, également, qui ai protégé, à Brousse, la pléiade de jeunes boïars qui ont tenté leur petit « 1848 » et se sont exilés en Anatolie. J'ai contribué à leur rapatriement et suis en étroite liaison avec eux. Ils ont une éducation occidentale, l'oppression les révolte, qu'elle soit le fait des étrangers ou de nos compatriotes, et ils accepteront, pour la briser, le concours de tout patriote.

« A leur tête se trouve un homme sur la bonne foi duquel j'engage ma tête. Vous vous en convaincrez vous-même, car je l'ai invité lui aussi à participer à cette réunion, et il ne tardera pas à arriver de Jassy : c'est le hetman Miron, que j'ai poussé au poste de commandant de la milice moldave... »

Un murmure d'étonnement couvrit les derniers mots de la parleuse.

Groza s'écria :

— Un hetman parmi les haïdoucs !

1. Bois épais.

— Oui, répliqua Floarea : hetman haïdouc !

Jiano se leva — aristocrate au visage finement ciselé, aux mouvements gracieux, à l'air constamment grave. Il dit, avec élan :

— Ne vous inquiétez pas ! Floritchica ne se trompe nullement. Je connais Miron. Il est mon ami. Nous avons fait ensemble notre éducation, à Paris et à Lunéville. C'est un haïdouc, en effet. S'il est hetman de la milice moldave, tant mieux pour la patrie que nous voulons forger.

— Nous ne pourrions faire rien de durable sans la contribution de cette jeunesse, affirma notre capitaine. Ce n'est pas en tuant par-ci par-là tantôt un Grec, tantôt un boïar roumain, que nous changerons d'un iota l'état du pays. La vie des tyrans ne nous intéresse pas ; leur mort ne nous satisfait guère. Ce qu'il nous faut, c'est la terre qu'ils ont volée au paysan, et de bonnes lois pour tout le monde. Cela ne s'obtient qu'en remplaçant l'absolutisme d'aujourd'hui par un ordre plus juste ayant à sa base le peuple lui-même.

« Mais où est la volonté populaire qui poussera des hommes nouveaux à cette tâche ? Elle est inexistante. Le peuple est tenu à l'écart de tout mouvement d'idées. Alors, sans le peuple, avec qui commencer ? Avec vous, les idéalistes qui venez d'en bas, et avec les Miron révoltés qui nous viennent d'en haut.

« Et voici ce que je vous propose : les grâces

d'une femme ne sont pas faites pour ensorceler des arbres. Laissez-moi donc aller exercer ma haïdoucie là où il y a des hommes forts qui plient comme du saule devant une fausse caresse. Ceux qui ne plient pas cassent comme du verre, et cela revient au même pour une amoureuse de mon espèce.

« A Snagov, près de Bucarest et bien plus près du fameux *codrou* Vlassia où tant de tyrans ont laissé leur bourse en même temps que leur vie — beaucoup d'hommes se sont pliés devant « *domnitza* de Snagov », d'autres ont cassé, et certains, fiers de leur cruauté, se sont convaincus pitoyablement que la dureté d'une femme n'a point d'égale.

« Je retournerai à ma maison, qui deviendra la maison des haïdoucs. J'ouvrirai larges ses portes, et nous les fermerons de temps à autre sur quelques puissants par trop encombrants ; ces affaires-là ne nous coûteront qu'un bâillon et une grosse pierre ; l'immense étang dans lequel se mirent mes balcons et avant-toits se charge du reste.

« Nous flatterons l'imbécillité des grands qui échapperont à nos opérations. Avec ceux qui accepteront le marchandage, nous jouerons franc jeu et paierons comptant.

« S'il faut que je glisse mes doigts dans une barbe blanche pour épargner le gibet à quelque compagnon, je m'y prêterai.

« Mais surtout, surtout, nous serons sincères avec les sincères, honnêtes avec les honnêtes, justes avec les justes, bons avec les bons, dans cette maison des haïdoucs qui n'aura qu'une seule raison d'être : *obtenir la justice des hommes pour ce pauvre pays, ou bien la leur arracher.* Car toute la tactique d'un homme d'espoir est de commencer par ouvrir son cœur, par se jeter, fût-ce sur la pierre même, la chauffer à la chaleur de son sang, mais, s'il se voit accueilli par un crachat au visage, de fouler aux pieds tout ce qui est méchant, car ce n'est pas *l'homme* tout court qui doit faire l'Humanité, c'est *l'homme* bon.

« Voilà ce que j'ai appris en vivant.

« J'ai appris encore à faire grand crédit à l'homme qui manque de pain par la faute de son semblable : la faim dévore l'esprit et c'est alors que l'être humain tombe au-dessous de la bête.

« Cet homme-là n'est plus qu'un ventre. Comment parler à un ventre ? Comment dire, à celui qui flaire le sol pour dénicher un os : *Lève ton front, mon frère, et regarde le soleil* ?

« Hélas, je sais que le monde partage sa vie entre flairer le sol par besoin et contempler le soleil par vanité, mais je préfère un vaniteux à un affamé. Nous sommes tous ainsi. A preuve notre haïdoucie.

« Et c'est pourquoi je vous dis : travaillons d'abord avec l'animal qui *peut* nous écouter ;

ensuite nous nous adresserons à celui qui ne *le peut pas !* »

*

A ce moment, parut la silhouette mince de l'hetman Miron, accompagné de son guide. Le jeune boïar était en civil. Il portait la redingote de son temps, et des bottes en cuir rouge. Il alla se jeter dans les bras ouverts de Jiano, qui l'étreignit à l'étouffer, puis, se tournant vers Floritchica, il lui baisa longuement la main et lui dit :

— De quel « animal » parlais-tu ?

— Je parlais de *deux* animaux...

— Et lequel est celui qui *peut* vous écouter ?

— Toi. Tu n'as pas faim.

— Pardon, si c'est ainsi : j'ai une faim de loup !

— Eh bien, dit le capitaine, nous commencerons par nous nourrir ; nous nous écouterons après. La faim est générale, je crois.

Movila satisfit tout le monde en criant :

— Minute ! Ils vont éclater à l'instant !

Il s'agissait des moutons : il n'y en avait pas moins d'une trentaine qui cuisaient chacun dans sa petite fosse chauffée comme un four, chacun dans sa peau et son tas de cendres — longue rangée de tombes pareilles à un cimetière d'enfants, mais dont la chaleur était infernale. La bête ne subit aucun apprêt : on la tue, on la bourre de sel et de poivre, on la couche dans ce lit grillé à l'extrême, où, enveloppée d'un monceau de braise, elle éclate au bout de quelque temps, signe qu'on peut la manger. Cela s'appelle : *...mouton cuit à la haïdouque.*

Ils éclatèrent à tour de rôle, jetant en l'air leur peu amicale couverture. Chaque détonation était saluée par des cris d'ogres.

Et naturellement les premières fritures prêtes furent servies aux chefs, car les chefs sont toujours et partout servis les premiers, même quand ils sont des haïdoucs.

Pendant le repas, Floarea mit l'hetman au courant de son projet, Miron l'écouta, sérieux. A la fin, il dit :

— Tout est bien ; et vous pouvez me compter parmi les plus dévoués à notre idéal patriotique, mais à condition de ne plus répéter le coup du monastère Orbou...

— Comment : on le sait déjà à Jassy ? demanda Floritchica.

— On le sait surtout à Bucarest, où *la tête de cette aventurière inconnue est mise à prix mille ducats* ainsi que parle l'ordre de poursuites lancé contre toi.

— C'est cela l'esprit du nouvel ordre dont se pare votre jeunesse généreuse ? s'écria Jiano, piqué.

L'hetman répliqua :

— Frère Ianco, je te connais violent, mais point naïf : tu ne voudrais tout de même pas que les *Divans* des deux pays fussent composés de haïdoucs. Et puis, permets-moi de te dire que je ne vois pas le but de vos assassinats individuels...

— Tu vois peut-être mieux les résultats de vos assassinats en masse, dans les rangs du peuple !

— Halte ! cria Floarea Codrilor. C'est moi qui suis ici votre chef ! Eh bien, je vous défends d'aller plus loin dans cette voie ! Nous sommes, tous, animés du désir de nous mettre d'accord et de travailler à l'avenir en commun : pourquoi alors discuter sur des choses passées ? Aura raison celui qui laissera une œuvre derrière soi. Donc, à l'œuvre !

Elle fixa Miron d'un regard énergique :

— Hetman ! L'heure approche. Je viens de Constantinople avec la conviction que les Russes perdront la guerre de Crimée : Napoléon l'assure pour l'année prochaine. Mais les Turcs aussi perdront le prix de leur victoire, tout au moins en ce qui concerne nos Principautés : la France et l'Angleterre soutiendront les « unionistes ». A l'étranger, ce travail est très avancé. Il faut qu'il le soit dans les Principautés également. Où en sommes-nous ?

— Nous gagnons du terrain chaque jour. Les meilleurs hommes, jeunes ou vieux, sont pour l'union. Néanmoins, les « séparatistes » restent assez forts, surtout chez nous, en Moldavie, où le caïmacam intrigue ouvertement contre l'union des Principautés et achète des partisans, ici et à

Stamboul, espérant se voir attribuer le trône de Moldavie. Cela plaît à tous nos ennemis, aux Russes, aux Turcs, aux Autrichiens.

— Oui, mais cela ne plaît pas à la France, notre amie ; et c'est elle qui aura le dessus. Aussi, je ne crains pas le caïmacam, malgré l'immense fortune de sa femme, la plus riche héritière du pays moldave ; c'est que son épouse même nourrit des sympathies pour l'idée unioniste ; en plus, j'ai eu le souci de le peindre aux yeux de la Sublime Porte comme vendu aux Russes et partisan de la défaite turque.

« Ce que je crains, c'est notre faiblesse, ou notre incapacité, car sachez que la France, pour pouvoir nous soutenir jusqu'au bout, nous demande de lui fournir la preuve du vœu de la nation roumaine, et, je le sais trop, notre pauvre nation est réduite à quelques milliers d'intrigants égoïstes et ambitieux.

« C'est pourquoi, hetman Miron, je mets tout mon espoir, du côté moldave, en toi et en Alexandre Couza, ce gaillard à la franchise brutale, sensuel comme un chien, mais bon et désintéressé. S'il joue bien son rôle dans l'armée du caïmacam, sous peu il sera colonel. Tâche de lui inculquer un peu de maîtrise, un peu d'hypocrisie. Tu seras peut-être, un jour, son premier ministre...

— Eh quoi ? Tu rêves d'en faire le préfet de Galatz ?

— *Le Premier Prince d'une Roumanie nouvelle !*

La masse des haïdoucs se leva comme un seul homme. Ils avaient entendu parler de la droiture de ce noble, sévère avec les rapaces de sa classe, simple dans ses manières et généreux jusqu'au mépris de toute situation digne de son rang. On le considérait comme le seul capable de « couper des lambeaux dans la chair du boïar ».

Un *hourra* formidable ébranla l'air. Vingt flûtes se mirent à jouer *la battue,* la plus endiablée de toutes nos danses paysannes.

Entraînés par cet enthousiasme soudain, les chefs renoncèrent à prolonger leur palabre et se prirent par les mains. Cette première ronde fut encerclée par une seconde, plus large, formée par les états-majors des cinq capitaines, et celle-ci, à son tour, fut prise au milieu d'une troisième chaîne de haïdoucs. Le sol trembla sous le crépitement des deux cents semelles frappant dur.

Boujor et Codreano chantèrent, de leurs voix mâles :

Est parue la feuille de hêtre !
Et moi, j'ai plaqué le village,
J'ai emmanché ma hache d'armes ;
Car je nourris à l'égard du riche
Une pensée diabolique.

. . . .

Que le diable t'emporte, richard,
Homme riche et sans conseil,

Qui me traînes ligoté par tout le village,
Et prétends que je ne t'ai point payé l'impôt !

Feuille verte de cognassier !
Hé ! Jiano, d'où viens-tu ?
— Eh, d'ici, d'outre Jii.
— Ianco, qu'as-tu acheté là ?
— J'ai donné de l'or et de l'argent
pour quelque cinq kilos de plomb,
que je porte à mes gars dans la forêt,
car ce sont des étourdis :
ils gaspillent trop de balles,
ne savent pas tirer comme moi,
rien que dans la chair vivante !
....

A Snagov, dans la maison des haïdoucs

I

Ami qui m'écoutes, je suis un homme de quatre-vingts ans, mais dont le cœur ignore la vieillesse. Si tu ne sais pas ce que cela veut dire, ne perds pas ton temps à m'écouter ! Car cela veut dire que, dans la fourmilière humaine, il y a des hommes qui n'ont pas assez de leur propre vie, de leur souffrance, de leur bonheur, et qui se sentent vivre toutes les vies de la terre ; mille béatitudes ne les empêchent pas d'entendre un gémissement ; mille douleurs ne peuvent les priver d'une seule joie.

Ce sont les *hommes-échos* : tout résonne en eux ! Ils entendent, la nuit, le cri de la chair humaine mordue par la férocité du plaisir ; le jour, ils sursautent avec tous les corps entaillés par la bestiale peine du travail qu'on n'aime pas.

Je suis un de ces hommes-là : je suis un haïdouc !

Si tu ne l'es pas, si tu es content de ta vie, de celle de tes parents et de tes amis, ou si tu n'es mécontent que de ce qui t'arrive à toi et aux tiens, alors tu ne me comprendras pas, car, à l'encontre de tes sentiments, moi j'aime à me mêler de tout ce qui est humain, et il ne m'est pas indifférent que mon semblable vive sous le règne de la justice, ou bien qu'une plainte doive être formulée, par lui ou contre lui.

Oh ! Il ne faut pas me prendre pour un pur ou un apôtre ! Non. Je suis capable de faire du mal, mais mon péché est de ceux qui sont inévitables à la vie, et ne sont jamais une calamité pour le monde. Et puis, là où la Bonté ne peut rien, moi je ne peux pas davantage.

*

Dans cette maison des haïdoucs dont le souvenir m'est si cher, nous avons aimé, et nous avons été aimés. C'est cela dont je me souviens. La haine... Que le diable l'emporte ! Je la chasse de ma pensée. Nous y étions venus avec le désir de changer la face du monde ! Nous n'avons fait que peu de chose, et, en récompense, il y eut notre perte. C'est le bilan de toute vie qui veut embrasser la terre.

Mais quelles heures inoubliables nous y vécûmes !

D'abord, le domaine de Snagov, c'est l'oasis d'amour de cette vaste plaine valaque qui noie Bucarest comme dans un désert. Sa forêt, baignée par un soleil impitoyable les jours d'été, est d'autant plus estimée qu'on la sait solitaire. Son étang, qui couvre quelques centaines d'hectares, est parsemé d'îlots touffus qui se profilent en zigzag comme d'énormes bonnets montagnards flottant à la dérive. Le gibier, le poisson, les écrevisses y abondent. Une large écharpe de roseaux, haute de dix pieds, couronne l'étang presque sans interruption, offre asile aux lièvres et ombrage les milliers de grenouilles qui fuient la chaleur estivale. Quelques saules pleureurs, maussades et indiscrets, telle une rangée de moines sauvages, se penchent sur sa surface avec une obstination de vrais confesseurs. De distance en distance, le nénuphar, roi de la pureté — émergeant avec son cortège de palettes crevant de sève —, veille fièrement à la solitude lacustre.

*

Ce n'était pas tout à fait une solitude, car la maison de l'amitié, de l'amour, des luttes généreuses, emplissait l'air de ses clameurs aux époques où sa belle maîtresse y séjournait.

Sise sur un tertre qui lui permettait d'avoir vue

sur l'immense étang, elle donnait l'impression de vouloir prendre le vol grâce à ses avant-toits qui se prolongeaient comme des ailes. Portes, fenêtres, galeries, balcons, tout y était abrité contre les intempéries. Et aucun mur de clôture ; pas même une haie, ou une palissade ; rien ne la défendait du dehors. Des kiosques, ça et là, envahis par le houblon. Un peu à l'écart, la cour tapageuse des travaux domestiques et des élevages de toutes sortes : chevaux, vaches, brebis, porcs et la basse-cour avec ses innombrables poules, oies, canards, paons, pigeons. De gros chiens bergers en étaient les seuls gardiens. Une douzaine de ménages tziganes, quintuplés par le nombre des enfants, y vivait librement à une époque où l'esclavage était général. Ce furent, dans le pays, les premiers Tziganes rendus à la liberté. Floritchica, en les achetant comme du bétail, en même temps que le domaine, fit acte public de libération. Elle n'en tira nul orgueil, mais beaucoup de satisfaction, car ils devinrent ses amis les plus dévoués. Une partie d'entre eux étaient des « sédentaires », les autres, dès fin avril et jusqu'en septembre, s'en allaient vagabonder par tout le pays en y exerçant leurs divers métiers : danseurs d'ours, chaudronniers, serruriers, artisans primitifs de cuillers en bois, de baquets à lessive, étameurs, et, leurs femmes, diseuses de bonne aventure.

Ironie du sort : le peuple de la terre le plus

avide de liberté fut soumis à l'esclavage par les représentants de la nation la plus esclave de toutes celles qu'opprimait le Grand Turc ! Les trônes se vendaient, à Stamboul, aux enchères, mais des enchères dissimulées ; le boïar roumain, lui-même un raïa méprisé, vendait ses Tziganes aux enchères publiques, tel du bétail. Néanmoins, ce peuple à moitié vêtu, et sur lequel on avait droit de vie et de mort, resta inébranlable dans sa bonne humeur. Ce fut lui qui nous reçut avec le plus de sincérité, le plus d'enthousiasme, à notre arrivée à Snagov.

*

Une voiture à huit chevaux était venue nous prendre à Galatz où Floritchica se fit annoncer comme rentrant, soi-disant, directement de Constantinople. Seuls nous deux, elle et moi, prîmes place dans la voiture. Nos dix-huit compagnons, transformés en une garde digne de « domnitza de Snagov », nous suivirent à cheval. Leurs costumes nationaux — faits d'étoffe blanche brodée de laine multicolore — attirèrent l'admiration de tous les habitants, hors toutefois l'allure de l'énorme Trasnila, le Tzigane libéré du monastère Orbou, qui effraya les enfants des villages. Il était, en effet, épouvantable, avec sa face de diable et son corps de géant, qui éreintait le plus solide cheval en moins d'une heure, ce qui l'obligeait à courir, la plupart du temps, à pied, traînant l'animal par les brides et suant à grosses gouttes. En ces moments-là, l'effroi des paysans se tournait en hilarité. Floritchica rit aux larmes tout le long du voyage.

Mais le comique le plus impayable de cette rentrée fut l'apparition de Trasnila à Snagov. La tribu tzigane, au complet, était sortie avec marmaille, chiens, chats et même quelques pourceaux. Des visages basanés, luisants et tragiquement épanouis ; des yeux écarquillés par l'exaltation ; dents blanches, poitrines nues. Impossible de percevoir un mot dans la tempête des gestes et des vociférations. C'était très gai, on le voyait bien, mais pas clair, et facile à prendre pour de l'hostilité. On versait des seaux d'eau au-devant de la voiture, souhait d'abondance. On dansait les affolantes *geamparale*. Les marmitons se roulaient par terre, la tête en avant. Et tout ce monde voulait toucher de la main les vêtements de sa maîtresse.

Ceci, avant que la joyeuse compagnie se fût aperçue de la présence de Trasnila, qui nous suivait le dernier.

Dès que la troupe s'arrêta et que l'ancien « cornard » se découvrit aux yeux de la tribu, la stupéfaction étrangla d'abord tous les gosiers, puis, la fête se précipita de plus belle, et sans ménagement, sur l'heureux Trasnila. C'en fut vite fait de sa masse, de sa force et de son costume brodé. La joie tzigane ne connaît pas de limite et se distingue à peine de l'agression. En un clin d'œil — pris par les mains, les pieds et la tête —, notre colosse disparut sous l'élan de cette sympathie écrasante. On le fouillait, et nous ne savions pas si c'était pour le baiser ou le mordre. Les hurlements en langue tzigane permettaient encore moins d'y comprendre quelque chose.

Floritchica crut qu'ils allaient le lyncher et leur cria de toutes ses forces :

— Ne le tuez pas !... Il est des vôtres !...

— Diable ! Nous voyons bien qu'il est des nôtres ! répondit une femme qui contemplait la mêlée, c'est pour cela qu'on le caresse. Un tel « morceau de Tzigane », ça vaut bien la peine de le « manger » un peu !

Et voilà que Trasnila, tout poussiéreux, et débraillé, apparaît hissé au-dessus d'une masse compacte qui l'emmène en triomphe devant Floritchica et crie en chœur :

— Domnitza !... domnitza !... Nous voulons Trasnila pour *bache-boulouk-bacha*[1] !

La maîtresse donna la consécration :

— Qu'il le soit !...

Et disparut dans la maison, suivie de nous tous, alors que Trasnila se voyait cerné par une

1. Chef de plusieurs communautés tziganes, ayant déjà chacune son boulouck-bacha.

ronde dansante de sujets, heureux d'avoir mis à profit leur liberté pour se donner un maître.

II

Je ne sais pas de qui tenait cette ancienne bergère de Lipia, le charmant domaine de Snagov. Comment, par quel coup de fortune, la fillette aux pieds nus du village le plus voleur du département de Buzeu — l'amie de Groza, l'amante vierge de Cosma, Floritchica, ma mère — avait-elle pu devenir : *domnitza* de Snagov ? Ce côté de sa vie me resta toujours obscur. Je ne l'ai jamais questionnée, par pudeur, et elle ne m'en a pas parlé.

En arrivant à Snagov, j'espérais trouver le personnage généreux qui l'avait gratifiée de ce don en tout point royal. Il n'en fut rien : dans une dizaine de pièces spacieuses, primitivement mais confortablement meublées, se promenaient deux femmes et un homme, pensionnaires à vie, tous les trois d'âge plus qu'incertain, humbles d'allure, pauvres d'esprit.

Chacune de ces trois créatures avait son histoire qui expliquait sa présence dans la maison de la haïdouque, et deux d'entre elles méritent une brève narration. La troisième, la malheureuse Evghenie, n'inspirait que pitié : fille cadette de parents peu aisés, mais orgueilleux et sans cœur, elle avait été sacrifiée au bénéfice de sa sœur aînée et mise au couvent, d'où, à la mort des cruels auteurs de sa vie, elle se sauva et vint échouer à Snagov. Les habitués de la maison l'avaient appelée : *la religieuse malgré elle.* Et quoique venue un peu tard à la vie qu'on lui avait refusée, Evghenie, tout effacée qu'elle était, réussit quand même à mordre au fruit qui est notre plat de résistance « aussi longtemps que nos oreilles brûlent et que nos tempes éclatent », comme disait Cosma.

*

Bien plus gaillarde était l'histoire de l'autre femme, la Marinoula joyeuse de jadis, surnommée *la Cavalière* précisément à cause de l'aventure amoureuse qui la fit tomber, du « neuvième ciel » de la galanterie, dans l'enfer du sarcasme.

Grande dame boïarde mariée à un riche seigneur totalement niais. Beauté de pivoine, démarche d'oie, intelligence de brebis et un tempérament à éreinter un escadron en une nuit.

Comme dans la plupart des maisons nobles de son temps, les brillants officiers des armées russes d'occupation trouvaient, chez Marinoula, logis, couvert, et ce supplément qui rend une hospitalité orientale inoubliable. L'heureux époux ne se souciait de rien. Marinoula, elle, se souciait uniquement de l'odieux souvenir que les irrésistibles conquérants, pourris jusqu'à la moelle, laissaient fréquemment à leurs imprudentes maîtresses. Du reste elle en faisait fi.

Et en effet, le malheur ne lui vint pas des innombrables assauts qu'elle dut supporter, mais de l'indifférence câline d'un colonel de cavalerie. Le malin jouait de la fidélité qu'il disait devoir à sa femme, puis, un jour, avec une pirouette de cosaque, il tourna la tête de la pauvre pivoine en lui déclarant :

— Oui ! Je te veux ! Mais rien qu'à moi, toute à moi !

— Comment ça ? balbutia-t-elle, ravie.

— Très bien : tu me suivras ! Nous partons dans trois jours. L'empereur nous rappelle.

Le matin du départ, le colonel trouva Marinoula blottie dans son traîneau, au lieu du rendez-vous. Et la glissade sur la neige commença, non sans que le cavalier se fût d'abord assuré que « la cavalière » emportait avec elle l'or et les bijoux.

Le voyage ne fut pas long. Notre divinité nationale ne toléra pas le rapt de cette parcelle de terre moldave.

Une nuit d'amour à Ounghéni ; un arrêt franc devant le Pruth gelé ; une bonne raclée cosaque suivie d'un vol aussi chevaleresque, et voilà

Marinoula revenue de son rêve ! Devant elle : la sainte Russie de son galant colonel ; derrière : un mari revenu, lui aussi, de sa myopie, et qui avait demandé et obtenu le divorce.

Furieux de l'insulte subie avec éclat, son mari la laissa dégringoler dans la plus atroce misère. Elle vendit tout, pour se nourrir, jusqu'à ses fourrures et à son petit bonnet d'astrakan, qu'elle portait si fièrement incliné sur une oreille. Ses vertueuses amies, ayant des comptes à lui demander pour cet outrage aux bonnes mœurs, lui fermèrent les portes.

Traînant ses pas dans la neige, la tête enveloppée d'un châle, elle entendit les gamins de la rue lui demander à leur tour des comptes, mais seulement pour la perte de son bonnet :

Ma-ri-nou-la ! Ma-ri-nou-la !
Qu'as-tu fais de ta ca-tchou-la ?

Floritchica la découvrit un jour dans cet état, ne lui demanda aucun compte et lui offrit son hospitalité, qui ne manquait de rien.

*

L'histoire du troisième pensionnaire de la maison, celle du bon Alécaki, était un peu tragique.

Par une belle matinée de printemps, se trouvant dans la voiture du pacha de Silistrie, qui faisait une tournée d'inspection dans son pachalik, Floritchica aperçut deux exécuteurs turcs et un aga s'apprêtant à couper la tête à un homme. Ils le traînaient près d'une fontaine, lui attachaient les mains derrière et disposaient le billot et le glaive.

Notre amie fit arrêter la voiture et descendit :

— Je veux savoir de quoi il s'agit ! dit-elle au vieux pacha.

— De quoi il s'agit ? miaula le satrape, mais tu le vois bien, ma chère ! On coupe une tête. Tu ne voudrais pas t'arrêter aujourd'hui partout où l'on coupe une tête, rien que pour *savoir de quoi il s'agit !*

Il s'agissait pourtant du pauvre Alécaki, lequel, sur la demande de Floritchica, raconta séance tenante ce qui suit :

Douanier à Silistrie, Alécaki passait pour l'homme le plus honnête du vilayet. Il était veuf. Ses trois enfants, un garçon et deux filles, l'aidaient dans son travail, qui consistait, depuis environ quinze ans, à rester assis à la turque sur un matelas et à percevoir les droits d'entrée sur les marchandises qui arrivaient à son débarcadère du Danube. Il n'y eut jamais de plainte portée contre lui. Les sommes à forfait qu'il devait au Sultan tous les mois, l'aga les encaissa *en nature.* Et ici l'affaire se complique.

Le douanier, affable comme tous les Orientaux, passait son temps à bavarder interminablement avec ses amis, pour lesquels il y avait toujours de la place sur le matelas. On buvait sans cesse de petites tasses de café. On fumait des tchibouks.

Pendant ce temps, ses filles et le garçon apportaient des sous, les donnaient à leur père et retournaient au poste. Alécaki soulevait un coin du matelas, fourrait l'argent dessous, et continuait la partie de plaisir, qui se terminait à la nuit. Il détestait les comptes. Tout juste s'il se donnait la peine de mettre l'argent sous le matelas et de l'en sortir pour les menus besoins de sa famille.

Mais probablement n'était-il pas le seul à l'en sortir, car, à la fin d'un mois, quand l'aga se présenta pour réclamer son dû, ce fut en vain que le douanier souleva le matelas, le renversa, bouleversa la chambre : à peine trouva-t-il quelques piastres et *irmiliks*, ça et là ! Navré, il expliqua à l'homme du Sultan :

— Point d'affaires ! Point d'argent, aga !

L'aga était arabe et se contenta de répondre par un seul mot :

— *Malèche !* ce qui voulait dire : *ça ne fait rien !*

Et s'éloigna, docile. Mais Alécaki s'aperçut un jour que l'aga s'attardait un peu trop à plaisanter avec ses filles près du débarcadère. Toutefois, comme le généreux fonctionnaire continuait de répondre : *Malèche !* à chaque malheureuse fin de mois, le douanier ferma les yeux sur ce que l'autre prenait *en nature,* oublia les mécomptes du maudit matelas et livra entièrement son cœur à ses bons amis — jusqu'au moment où sa fille aînée vint lui dire que l'aga l'avait engrossée. Alors le père s'émut et appela le malfaiteur. Celui-ci répondit :

— *Malèche !* Ça ne fait rien !

Et répara le mal en obligeant un bon diable de raïa à épouser la fille mère.

Peu de temps après, la seconde fille du douanier suivit le chemin de la première. Ce fut un nouveau *malèche* et un second raïa.

Maintenant, Alécaki vivait heureux : à ses déficits mensuels l'aga, reconnaissant, répondait de loin par un *malèche* et passait. De filles, le brave père n'en avait plus à fournir.

Par contre l'aga en avait deux, lui aussi. Et ce fut le fils du douanier qui, à son tour et pour venger ses sœurs, les rendit grosses. Après quoi, il disparut dans le monde, sans une pensée pour son pauvre père qu'il laissait sur un matelas devenu brûlant.

Les suites de cette action irréfléchie faillirent être sérieuses. L'aga — par cette belle matinée qui précisément coïncida avec le passage de Floritchica — vint, accompagné de deux bourreaux, trouver Alécaki. Comme il n'aimait pas le bavardage, il dit, simplement :

— Je viens pour te couper la tête !

Le douanier entendit bien, vit le glaive, le billot, et sentit ses cheveux devenir blancs.

Toutefois, il eut la force de questionner :

— Pourquoi veux-tu me couper la tête, aga ?

— Parce que ton fils a rempli mes deux filles...

— Eh bien : n'as-tu pas rempli les miennes ?...

— *Malèche !* tu ne m'avais pas payé.

— Mais, aga ! tu disais que cela ne faisait rien ?

— *Malèche !* Lève-toi et suis-nous !

Floritchica demanda au pacha de Silistrie d'ordonner sur-le-champ la mise en liberté d'Alécaki — ce que le bon pacha fit, rien qu'en levant son index — puis, notre amie déposa entre les mains de l'homme du Sultan les sommes dues au Sultan.

— Et mes deux filles enceintes ? s'écria l'Arabe.

— *Malèche,* aga ! lui répondit domnitza de Snagov.

III

Le lendemain de notre arrivée, nous reçûmes les visites du prêtre de Snagov et de ses ouailles, venus nous dire bruyamment leur joie de se savoir de nouveau protégés par la « bonne domnitza Floritchica ». Après quoi, la maison des haïdoucs fit son premier pas dans la bataille.

Ce fut un pas comique et, pour moi, inattendu. Deux personnages importants descendirent un jour d'une voiture fermée et furent reçus, au repas de midi, avec des honneurs qui accrurent le ridicule de ces hommes, plats comme les punaises d'une maison abandonnée, désarticulés comme des pantins et laids à faire crever de rire.

J'en ai presque crevé, en les apercevant, mais Floritchica me prit aussitôt à part et me dit :

— Polisson ! Apprends à être bienséant. Sais-tu qui sont ces deux types ?

— Je le vois : des « épouvantails à moineaux » de Cosma !

— Si tu veux, mais sache que celui qui porte fez et lunettes est Hood-bey, premier interprète à la Sublime Porte et notre meilleur ami. Son compagnon est M. Isidore, Juif allemand, le représentant de plusieurs fabriques qui vont procurer tout ce qu'il faut à notre pays pour que ses habitants cessent de manger avec leurs doigts, de coucher par terre, et de se vêtir comme des Osmanlis.

*

J'ai deviné en Hood-bey l'un des puissants qui avaient fait la fortune de Floritchica, mais qui ne connaissaient pas leur amie sous tous ses aspects. Il était très riche et parlait neuf langues, dont quatre orientales. Parmi ces dernières, le roumain comptait médiocrement.

Par contre, M. Isidore le parlait très bien, ainsi que, disait-on, l'allemand, le français et l'anglais.

L'interprète du Padischah était, par sa mère, juif lui aussi, et la présence de ces deux hommes dans la maison des haïdoucs trouvait son explication dans le plan de la femme haïdouque. Elle le fit comprendre dès que le déjeuner eut pris fin.

Dans la pièce encombrée de sofas et de divans, qui était réservée aux intimes, le bey anglais s'immobilisa comme une momie, le tchibouk à la main, les lunettes sur le bout du nez, regardant dans le vide et n'ouvrant la bouche que pour dire « oui » et « non » : c'était, des deux Juifs, celui qui parlait or, c'est-à-dire *livres sterling.*

L'autre perche — bien plus sympathique de figure et plus agréable par son tempérament vif — n'arrêtait pas une minute de mesurer la chambre en long et en large. Il fumait de belles cigarettes et raillait le tchibouk du bey, le nommant : « crachoir à nicotine ».

Il raillait, d'ailleurs, tout ce qui n'était pas occidental.

— Regardez cet intérieur de femme élégante et européenne, disait-il : une chambre qui vous oblige à vous asseoir à la turque ! On ne voit nulle part une chaise bien faite, une armoire, un buffet, de la vaisselle convenable. Les plus riches Roumains, quoique épris de langues et de cultures occidentales, conservent encore des coutumes asiatiques, se lavent à la fontaine, s'éclairent avec des bougies puantes, couchent leurs amis sur des matelas jetés par terre. Ils parlent le français et portent des *chalvars*[1]. Leur garde-robe gît dans des caisses malcommodes. C'est ridicule ! Et ce sont justement les Roumains qui possèdent ce dicton admirable : Parle selon ta façon de t'habiller ; ou habille-toi selon ta façon de parler.

— Je suis tout à fait de votre avis, monsieur Isidore, approuva Floritchica. En quelque manière, vous êtes un haïdouc !

— Moi, haïdouc ! s'écria le représentant. Avez-vous jamais entendu parler d'un Juif haïdouc ? Oh ! non ! Et c'est regrettable, car si ma nation savait manier les armes, elle ne serait pas aujourd'hui le bouc émissaire de toutes les calamités sociales !

— J'ai dit : « en quelque manière », ce qui est vrai. Ne vous dépensez-vous pas à répandre dans l'Orient le plus de savoir-vivre et, par conséquent, de bien-être ? C'est cela, la haïdoucie. En ce sens, Hood-bey est, lui aussi, un haïdouc !

Le bey eut un frisson léger et faillit laisser tomber son tchibouk :

1. Pantalons turcs.

— Expliquez-vous, Floritchica ! Et en tout cas, gardez-vous bien de l'aller dire au Sultan : il pourrait m'en coûter la tête !

— Nullement, ami. Votre haïdoucie, tout en faisant des *révolutions,* draine de l'or dans les coffres-forts de toute puissance industrielle, car c'est vous qui facilitez l'écoulement de leurs produits, en ouvrant des crédits aux négociants.

Les deux « haïdoucs », ainsi rassurés, n'eurent plus qu'à conclure l'affaire pour laquelle ils étaient venus. Isidore se chargea de l'installation de plusieurs catégories de marchands juifs, Hood-bey fournit l'argent et Floritchica prit à son compte le transport des marchandises entre les points frontières et les boutiques établies dans quelques centres des Principautés.

C'est de cette façon que débuta sur la terre roumaine un commerce qui — monté de toutes pièces par les Juifs d'abord — devait, plus tard, constituer une source d'énergie nationale et faire rentrer la Roumanie dans le rang des pays civilisés.

La récompense qui échut aux Juifs, pour avoir été les véhicules du progrès, et à nous-mêmes, pour l'avoir facilité, fut tout autre que celle qu'escomptèrent les initiateurs.

*

Le but de Floarea Codrilor n'était d'ailleurs pas de faire du commerce. Elle profitait de la nécessité des classes riches de vivre à la manière occidentale et de la poussée irrésistible de l'industrie étrangère qui voulait s'ouvrir des débouchés dans notre pays, pour propager ses idées haïdouques, qui étaient : retour de la terre aux paysans ; sécularisation des biens ecclésiastiques ; abolition de l'esclavage des Tziganes et de la peine de mort ; union des Principautés ; garanties constitutionnelles.

Un Congrès européen devait, prochainement, inviter les deux pays à formuler leurs aspirations en élisant des Assemblées nationales, et c'est de celles-ci que dépendait le sort du peuple roumain. Il fallait donc tout faire pour déjouer les manœuvres de la réaction et n'élire que des hommes sympathisant avec le programme de la jeunesse.

Dans ce but, Floritchica osa entreprendre la lutte par les deux bouts à la fois : d'en bas, en créant un mouvement populaire d'appui ; d'en haut, en démasquant la férocité boïarde et en réquisitionnant toutes les énergies favorables à la cause nationale.

Mais que ce fut donc lourd de mettre en mouvement des paysans abêtis par quatre siècles de spoliation ! Qu'il est donc difficile d'ébranler un peu d'humanité !

Nous sommes partis à la conquête des masses, avec la foi du missionnaire. Des centaines de chars à bœufs et de voitures à chevaux se mirent à sillonner les Principautés, chaque convoi ayant à sa tête un haïdouc prêt à faire triompher le bien ou à mourir, chaque haïdouc ayant sur les lèvres le mot d'ordre : « Soyez des hommes courageux ! Exigez vos droits ! Appuyez notre bon *Voda*[1]. »

Nous eûmes, pendant des années et à tour de rôle, à lutter avec la pluie, la boue, la neige, les vents, la chaleur suffocante, les bêtes fauves, les poux — mais ce fut l'inertie des intéressés qui nous donna le plus de mal.

Pour l'homme simple, le pouvoir de l'autorité établie est une chose occulte, divine ou diabolique, il ne sait pas très bien, mais devant laquelle on ne peut que s'incliner.

Mon frère de peine, ennemi de ma liberté, n'as-tu pas une tête, deux bras et deux jambes, comme tout le monde ? Où est-elle donc, ton infirmité ? Par quel bout dois-je te prendre pour frapper à vif dans le roc de ta sottise, te rendre à toi un service et à moi la vie dont tu me prives ?

*

Amère comme le fiel fut l'existence du haïdouc pendant ces jours de dévouement imposé. Aigri dès son enfance, et brouillé avec tous ceux qui ne sont pas comme lui, le haïdouc méprise l'avenir et la mort, attache du prix à la minute qu'il passe

1. Prince.

en liberté et se trouve à court de patience pour peu qu'on lui demande de convaincre un homme de quoi que ce soit. Il sait qu'avant de partir en haïdoucie, sa bouche a dispersé beaucoup de salive à tous les vents, que parler n'a touché que des sourds, n'a heurté que les griffes des autorités de son village. A la fin, il s'est dit : on vient au monde haïdouc, comme on naît chanteur. Et a rompu le lien qui l'attachait à ses semblables.

Néanmoins, nombreux furent les compagnons qui s'offrirent d'eux-mêmes à notre tâche ingrate. Leur dévouement, quoique forcé, ne cédait en rien à celui de l'illuminé béat.

La nuit — quand les ténèbres domptaient les éclairs de nos yeux, nous parlions à voix basse aux charretiers qui fumaient en suivant le grincement des essieux mal graissés. Pendant les haltes paisibles en plein champ, alors qu'ils somnolaient en se chauffant le dos contre leurs bœufs qui ruminaient, couchés, nous leur parlions.

Nous n'essayions pas par le simple pouvoir des mots de les gagner à la cause juste : nous leur montrions aussi notre cœur, en prenant part, sans y être obligés, à toutes leurs peines, quand les chars s'embourbaient, qu'ils se renversaient dans un torrent, quand hommes et bêtes se tuaient au devoir. Chaque nuit, sur les parcours faciles, nous restions seuls guides des convois et leur permettions de dormir dans les voitures. Et nous avions toujours à leur offrir des litres de vin et des casse-croûte, d'autres bagatelles à porter à leurs familles (bouts de ruban et d'étoffe, vaisselle ébréchée, canifs).

En outre nous tenions toujours en réserve pour les esclaves de la compassion, de la fraternité. Et lorsqu'ils manquaient d'une bête de somme, d'une charrue, d'une chaumière, ou du nécessaire pour le mariage d'un enfant, nous, qui gagnions beaucoup de ducats et n'avions aucune envie de faire fortune, nous nous présentions.

Parfois, dans leur enthousiasme imprudent, les chefs haïdoucs et Domnitza de Snagov elle-même faisaient irruption dans un village où nos convois prenaient du repos, se mêlaient aux noces et aux baptêmes, dansaient avec rage et répandaient l'or à pleines mains :

— Amis, Frères ! criions-nous alors aux visages meurtris par la souffrance ; regardez combien la vie serait belle pour tout le monde si la tyrannie des gospodars n'existait pas ! Ayez un peu de cœur et abattez les monstres ! Nous vous y aiderons !

IV

Parallèlement à ce travail d'en bas, il s'en faisait un, à Snagov, qui avait bien plus d'importance.

Pour donner l'exemple de l'accueil qu'elle voulait qu'on fît aux modes occidentales, Floritchica transforma l'intérieur de sa maison. Depuis ses toilettes et ses meubles — poussant la coquetterie jusqu'à introduire les pinces à sucre dans le service de table — elle remplaça tout par des envois de Vienne, Paris, Dresde et Leipzig. Un maître d'hôtel remplaça le fameux *sofragiou* tzigane du boïar roumain, pauvre esclave qui se mouchait avec les mêmes doigts dont il se servait sur-le-champ pour tourner la salade de son seigneur.

Elle meubla des chambres à coucher confortables, dont les lits, en bois ou en tôle vernie, portaient des peintures représentant des scènes historiques, étrangères et roumaines. Si vous ajoutez à cet intérieur le charme de sa maîtresse, qui savait recevoir comme une vraie domnitza et porter tout vêtement à la mode avec une grâce innée, vous pouvez vous figurer la vogue qu'obtint la maison des haïdoucs dans un pays qui ne manquait ni de richards, ni du désir de briller, mais simplement de gens d'initiative et des moyens de satisfaire ses désirs sans trop de fatigue.

Floarea Codrilor ouvrit les portes de sa maison à qui voulait entrer et se déclara prête à rendre pareil au sien l'intérieur de tout boïar.

Les visiteurs, et avec eux les commandes, affluèrent de tous les points des Principautés. La

« cour » de Snagov rivalisa en réceptions avec celles des deux princes régnants. Jour et nuit, des équipages à six et huit chevaux s'arrêtaient devant la maison ; et on voyait des grosses barbes blanches (elles étaient portées uniquement par la noblesse du premier rang) ou des hauts dignitaires publics et leurs frêles épouses daigner recevoir l'hospitalité de la « marchande », « l'intrigante » ou « l'aventurière » ainsi qu'on appelait, dans l'intimité boïarde, cette hôtesse qui les approchait en fortune et les dépassait en savoir-vivre.

Floritchica, le sourire aux lèvres, belle et coquette comme ces Parisiennes tant enviées par les femmes de l'époque, recevait, conduisait, montrait, donnait des fêtes éblouissantes et charmait tout le monde.

Mais la question n'est pas là.

*

Si — en pleine fête — quelqu'une de ces barbes de la *protipendada* se fût trompée de porte en errant par la maison, elle fût sûrement tombée sur la barbe patriarcale d'Elie le sage, lequel, docile mais inébranlable, attendait assis à la turque l'accomplissement de la Justice sur terre.

Il attendait et veillait : c'était le gardien des mœurs de la maison des haïdoucs.

Point sévère, tolérant, Elie comprenait tout, excusait tout, et sa garde s'exerçait calmement, avec ses yeux doux, ses oreilles discrètes, son visage serein.

N'importe ! Cette douceur, cette discrétion, cette sérénité ne nous rappelaient que d'autant mieux la présence d'Elie tout près de la fête, exactement comme du temps où Cosma faisait ce que bon lui semblait, mais tombait régulièrement sur le silence « embêtant » du haïdouc-patriarche.

Certes, Floarea Codrilor n'était pas Cosma ; et moi, Jérémie, je me donnais la peine d'être le moins possible son fils, à lui ; à Snagov, nous désirions ardemment dépasser Cosma en haïdoucie, mais aurions-nous pu, mieux que lui, étouffer les cris de nos cœurs ? Peut-on vouloir le bien du monde sans sentir tous les biens de la vie ? Autrement dit : peut-on être haïdouc triste ?

— Jouissez et réjouissez-vous ! criait Floritchica aux haïdoucs pèlerins qui rentraient de leur devoir auprès du peuple. Mangez, buvez, aimez et luttez joyeusement pour que tout le monde puisse bientôt en faire autant ! En agissant ainsi vous n'aurez rien à vous reprocher : celui qui n'empêche pas les autres de vivre et qui lutte pour le bonheur universel a droit à toute la vie !

A l'essaim de jeunes filles et de garçons que notre foyer d'amour attirait irrésistiblement, elle disait :

— Rompez avec le passé ! Ne suivez pas le chemin de vos parents ! Il n'y a pas de morale — cette morale chère aux vieux — là où règnent l'égoïsme et la haine. Du bonheur, il y en a moins encore, car ce n'est pas impunément que quelqu'un s'acharne à contrarier les lois de la vie : ce genre de ripaille suscite un malaise qui aboutit infailliblement à cette infirmité de l'âme, appelée : *je ne sais pas quoi faire de ma peau.*

Et pour prouver qu'elle savait quoi faire de la sienne, domnitza de Snagov montrait à tout le monde le nouveau chemin à suivre.

*

Ce « chemin » n'était pas bien éloigné de la maison et se faisait sur l'eau. Une douzaine de barques aux sièges capitonnés se trouvaient, comme par hasard, à la portée de tous, pour le faciliter. Et comment ne pas oublier la haine ? Comment ne pas céder à l'invitation de cet étang d'août, et des nuits féeriques ?

Chaque jour, aux hôtes hébergés à Snagov s'en ajoutaient d'autres qui venaient de Bucarest, en calèche ou à cheval, pour l'après-midi et une partie de la soirée. Les débats sur les questions de l'heure mettaient aux prises hommes et femmes.

Floritchica luttait comme une lionne pour s'acquérir des partisans influents, puis la fatigue et la chaleur apaisaient le brouhaha ; les plaisanteries, les flirts remplaçaient le choc des idées. Les vieux allaient se coucher. La maîtresse de la maison prenait le bras du radieux hetman Miron et disparaissait.

Elie, de sa fenêtre qui ouvrait sur le lac, apercevait la première barque qui se détachait de la rive et gagnait le large. Il ne disait rien, mais pensait à beaucoup de choses.

Les autres couples ne tardaient pas à suivre. Une à une, les barques quittaient le débarcadère, glissaient sur la surface lisse de l'étang, s'enfonçaient dans l'ombre nocturne, vers les îles silencieuses, vers la berge déserte d'en face. Les convives solitaires rentraient chez eux les derniers.

Alors les jeunes servantes tziganes éteignaient toutes les lumières. La maison des haïdoucs, portes et fenêtres largement ouvertes, plongeait dans l'obscurité, exhalant des odeurs excitantes et paraissait bien plus vaste qu'elle ne l'était.

De sa place, Elie voyait tout cela, et aussi la suite, car il y en avait une : c'était peut-être le côté le plus beau de la soirée.

Après l'éclipse des chefs de la conspiration populaire, les haïdoucs sur pied de paix surgissaient de toutes parts comme des rats. A leurs sifflements étouffés, une demi-douzaine de belles *tzigancouchas*, les servantes qui venaient d'éteindre les lumières, accouraient, jambes nues, les yeux écarquillés dans le noir, toutes frémissantes de désir. Si le stock des embarcations n'était pas épuisé, la nouvelle équipe amoureuse s'embarquait à qui mieux mieux. Autrement, ne pouvant mieux suivre la voie tracée sur l'eau, on était bien obligé de prendre un chemin en forêt.

Trasnila, le *bache-boulouk-bacha*, prenait régulièrement le même chemin sans qu'on le lui montrât et par préférence : il n'aimait pas l'eau.

Devenu le portier d'une habitation qui n'avait ni clôture, ni porte cochère, Trasnila attendait que maîtres et sous-maîtresses se fussent éclipsés, puis du kiosque où je fumais mon tchibouk, je voyais sa masse noire paraître en courant, une grosse poupée dans les bras. Il la dorlotait, lui chuchotait des mots incompréhensibles d'une voix tendre, et se précipitait à pas d'ours vers le mystère des bois.

*

Dans la tiédeur de la nuit et par le clair de lune, le ciel étincelant semblait avoir fait un bond prodigieux en hauteur. La cloche, très éloignée, du petit et vieux monastère de Snagov envoyait le timbre limpide de son airain, que les arbres, le jonc, l'étang écoutaient dans une immobilité religieuse.

C'était le moment où Marinoula, heureuse, sortait au bras de son amant, un fougueux Tzigane doué d'une belle voix, le cocher personnel de Floritchica. « La pivoine » elle-même chantait avec talent. Et tous deux — marchant côte à côte, les têtes renversées un peu en arrière, les ventres en avant — lançaient dans les airs leur chanson favorite :

Et les ennemis se sont entendus
Pour nous surprendre dans le « plumard »,
Nous ligoter « coude à coude »,
Nous exhiber à toute la ville !

Des rires éclataient au balcon où Alécaki, l'ancien douanier, et Evghénie, « la religieuse malgré elle », passaient leur temps à admirer le clair de lune.

Ces deux-là étaient inséparables, surtout parce que Evghénie ne se rassasiait jamais de questionner Alécaki sur les circonstances qui avaient failli lui coûter la tête.

Je l'entendais, la nuit, interroger pour la centième fois son compagnon d'adversité :

— As-tu eu très peur, Alécaki, ce jour-là, à la fontaine ?

Et l'autre de répondre invariablement :

— Très, très..., Evghénie !

Parfois, après le défilé des couples amoureux,

Evghénie allait trouver Elie à sa fenêtre et lui demandait, sans aucune malice :

— Que pensez-vous, Elie, de tous *ces gens*-là ?

— Ma foi, je pense qu'ils s'amusent... pour le bien du peuple.

V

Quand Elie disait que, dans la maison des haïdoucs, on « s'amusait... pour le bien du peuple », il se glissait peut-être un brin d'ironie dans la pensée de l'honnête homme.

Il disait cependant la pure vérité.

La joie franche plaît à tout le monde, et, intimement, aux hypocrites mêmes, car il faut croire moins à la méchanceté de l'homme qu'à sa bêtise.

La preuve que la bonté des cœurs penchés vers le plaisir s'impose jusqu'aux plus vilains, c'est l'importance que prit Snagov en deux ans pour une noblesse arriérée, hostile à toute idée généreuse.

A cette date — celle du triomphe de la France et de l'Angleterre en Crimée sur la Russie des Tsars — les boïars les plus réfractaires et orgueilleux avaient fini par mettre le pied dans notre maison et reconnaître au moins que Floritchica était « sincère et désintéressée ». Ils ne se déclaraient pas battus, car leur soif des honneurs (les « *gargaouni* du règne », comme on disait) les dominait tous, mais notre influence sur les plus beaux esprits de ce temps-là était incontestable, et, parmi ceux-ci, nous eûmes le plaisir de compter un soir deux recrues de premier ordre.

C'étaient l'abbé Uhrich, Français de Lunéville, l'éducateur de la haute noblesse roumaine, et le Consul de France, nouvellement arrivé à Bucarest. Le jugement de ces deux hommes pesait dans la balance des affaires intérieures de notre pays plus que tous les calculs de la clique réactionnaire.

Heureuse de leur présence, l'hôtesse leur fit l'accueil le plus enchanteur, sans toutefois tomber dans la flatterie. Elle savait que celui qui est fort de son désintéressement peut se permettre le luxe d'être digne et de tout dire.

Ce soir-là encore, elle ne mâcha pas ses paroles.

*

Nous étions en plein hiver, la veille du Nouvel An. Neige jusqu'aux genoux, traîneaux à clochettes et bise qui faisait craquer les arbres. L'étang, un champ de cristal nu.

Dans la grande salle de réception, bondée de visiteurs, *unionistes* et *séparatistes* se harcelaient à l'envi. L'abbé Uhrich, assis dans un coin, montrait au Consul les « stipendiés de la Russie » et le mettait au courant des choses roumaines :

« Nous sommes dans un pays où tout le monde veut régner, lui disait-il. Peu importe à ces gens si leurs divisions intestines dégradent les Principautés et engendrent les plus funestes calamités sociales, pourvu que chaque boïar puisse monter sur le trône et s'y maintenir pendant six mois. Cela s'appelle être *Voda*. Dans ces conditions, on comprend bien que l'union des deux pays ne fasse pas leur affaire. »

Floritchica connaissait la droiture de l'abbé Uhrich et les idées « unionistes » du diplomate français, mais ne savait pas jusqu'à quel point elle pouvait compter sur leur appui. C'est pourquoi, avant d'ouvrir le feu, elle se tint un peu à l'écart de toute manifestation bruyante et observa discrètement l'abbé et son compatriote.

Celui-ci, comme tous les diplomates, s'ennuyait gentiment. La curiosité de son regard vagabond fouillait plutôt le côté féminin de l'assemblée, lequel justement brillait par un grand nombre de belles femmes. Le Consul était encore jeune et paraissait moqueur.

Par contre, l'abbé Uhrich — homme âgé, petit de taille et très maigre — était connu, depuis une vingtaine d'années qu'il voyageait dans les pays roumains, comme pénétré de foi chrétienne et ardent défenseur des peuples opprimés. Les haïdoucs, qui n'aiment pas les prêtres, avaient entendu parler de sa bonté et, ne pouvant retenir son nom, l'appelaient le *pope-haïdouc*.

Je fus content de le voir. Son visage, massacré de rides profondes, me plut. L'intérêt qu'il prenait à nos affaires ne fit que l'élever dans mon estime. Vraiment, on ne peut pas ne pas respecter de tels hommes, fussent-ils des ecclésiastiques. Et comme, en cet après-midi de fin d'année, l'abbé Uhrich devait me surprendre avec sa courageuse intervention dans nos disputes, je finis par l'aimer.

*

L'occasion s'était offerte d'elle-même.

On servait le thé. La bêtise de nos adversaires fut éblouie par la beauté du service, qui était de la plus fine porcelaine de Saxe. Le vieux boïar Daniel Crasnaru, fameux par sa fortune et sa vanité, le meneur de nos *séparatistes*, à bout d'arguments, jugea bon de s'accrocher à cette malheureuse poterie pour mettre Floritchica en contradiction avec elle-même :

— Voilà comment vous trahissez vos vrais sentiments ! s'écria-t-il, la tasse à la main. Vous vous prétendez amie du peuple, mais votre luxe dépasse de beaucoup le nôtre : où voyez-vous une différence entre ce que nous sommes et ce que vous êtes ?

— J'en vois une et même plusieurs, répondit la maîtresse, qui bouillonnait de colère sous un masque de calme imposé.

Dans le silence, les regards de tous les convives, amis et ennemis, se fixèrent sur Floritchica.

— Il est vrai que mon luxe dépasse le vôtre, qui êtes — particulièrement vous, monsieur Crasnaru — cent fois plus riches que moi ; en effet, n'êtes-vous pas le maître absolu de cinquante communautés paysannes, englobées toutes dans un seul domaine qui couvre plusieurs kilomètres carrés de terre, bois, viviers, pâturages ? Des milliers d'esclaves travaillent pour vous seul : ils n'ont pas une chemise à se mettre, et vous, vous déclarez ne pas avoir une assiette de porcelaine !

« Ce n'est pas là une différence ? Où sont les hommes qui peinent pour moi et qui pourraient s'en plaindre ? Qu'est-ce qui m'appartient, à moi, sinon cette baraque seule ? La terre ? Le bois ? L'étang ? Ce sont les paysans qui les possèdent. Je paie tous les produits que je consomme. Et avec quel argent ? Avec celui que vous, les boïars, donnez à la " marchande " que je suis, que vous méprisez, mais qui néanmoins vous apprend à vivre. »

Des rires mêlés de murmures hostiles éclatèrent dans l'assemblée. Crasnaru voulut répondre. Floritchica l'en empêcha d'un geste vigoureux.

— Pardon ! J'ai le droit de me défendre. Vous aimeriez à faire croire aux gens de bonne foi que je suis une spoliatrice. Eh bien, non ! Ce que vous voyez ici, c'est de l'utile et du beau, et tout le monde a le droit de lutter honnêtement pour vaincre la laideur de la vie et s'approprier sa beauté. Si vous vous en teniez à ce " luxe seul ", l'esclavage n'existerait pas, la misère des travailleurs non plus.

« Mais alors que vous ignoriez le confort de la vie et l'hygiène du corps, je vous ai vus, à Constantinople, répandre des milliers de bourses d'or pour vous attribuer les trônes de vos propres pays comme on s'attribue un âne ! Vous ne savez pas vous laver proprement et vous voulez être des rois ! Et qu'est-ce que vous faites, une fois à califourchon sur les Principautés ? Vous vendez les fonctions publiques aux plus cruels vampires, aux plus terribles tortionnaires de la nation, lesquels l'ont réduite à l'animalité !

« Etes-vous au moins heureux en agissant de la sorte ? Regardez l'horrible bilan de vos actions : il n'y a pas un seul parmi vous qui n'ait un membre de sa famille enterré sans tête ! Le prince même qui règne aujourd'hui sur la Moldavie, un des meilleurs, a eu son grand-père assassiné par la Porte, et son père dort décapité dans l'église Saint-Spiridon à Jassy, alors que la tête croupit dans je ne sais quel égout de Constantinople !

« Où allez-vous dans cette voie ? Que vous faut-il pour vous trouver rassasiés de vanité et de richesses ?

« Soyez des hommes, boïars ! Soyez de bons guides, et le peuple vous permettra de manger dans des assiettes d'or, si cela vous fait plaisir ! »

*

Au milieu des vociférations des séparatistes, Daniel Crasnaru se leva pour partir. L'abbé Uhrich lui mit la main sur l'épaule :

— Accepteriez-vous, monsieur Crasnaru, le témoignage d'un étranger ? Vous me connaissez et, à vrai dire, vous savez que mes seconds compatriotes, après les Français, c'est vous, les Roumains. Mais si je fus le précepteur des Roumains riches, j'ai toujours été l'ami des pauvres. Bien mieux : c'est dans l'espoir de pouvoir rendre un service à ces derniers que j'ai consacré toutes mes forces à l'éducation des premiers.

« Eh bien, je vous confesse mon mécontentement ! Je n'incrimine personne, mais je ne puis m'empêcher de constater un état de choses déplorable. J'ai sacrifié un quart de ma vie à l'instruction des deux fils d'un prince régnant que tout le monde connaît. L'un d'eux est un détraqué ; l'autre *beïzadé* a fait mieux. Probablement pour rendre hommage à un abbé précepteur, il s'est mis en tête de promener chaque jour sur ses épaules un veau ! Et cela dans le désir de continuer cet exercice jusqu'à ce que le veau soit devenu bœuf, à l'exemple de Milon de Crotone[1].

« Aussi, ce n'est pas sans éprouver du dégoût que je m'entends parfois appeler " l'éducateur du *beïzadé-veau* ". Pour arriver à un tel résultat, ce n'était pas la peine qu'on vînt me chercher à Lunéville ! Et nulle part dans les Principautés, l'influence occidentale n'a mieux réussi.

« On parle couramment le français. Les jeunes sont tous des voltairiens. Les vieux rivalisent en donations aux églises. Cependant, entre un hommage à Voltaire et une aumône au Christ, on étend par terre son cuisinier tzigane et on lui applique sur le dos, pour la moindre faute, cinquante, cent ou deux cents coups de fouet ! J'ai vu battre des esclaves simplement parce que le boïar, en colère, ne savait sur qui " décharger son venin ".

« Mais la question de l'esclavage est beaucoup plus grave. Je ne crois pas vous faire une révélation en vous disant que presque tous les boïars, jeunes et vieux, se " servent " des jeunes filles tziganes *et des épouses même mariées devant l'Eglise,* sans se rendre compte du crime qu'ils commettent, sans se soucier de la souffrance morale des pauvres époux et fiancés, qui, pour être des esclaves, n'en sont pas moins des hommes. Bien mieux : aux hôtes qu'ils reçoivent à la

1. Fait historique.

campagne, ces bons chrétiens envoient chaque soir les mêmes femmes et jeunes filles tziganes avec la mission de *frotter les pieds* du boïar qui est en train de s'endormir. Beau frottement !

« Les mêmes pratiques sont en honneur dans tous les monastères, foyers de vices publics, vrais harems ! Les Tziganes sont considérés comme du bétail : on les accouple à des époques précises, on dispose de leurs femmes, de leurs filles, de leur vie.

« Quant au paysan — cet esclave qui n'est ni nourri ni logé par un maître, et qui est *libre* seulement de crever de faim — le boïar ne l'épargne pas plus que le Tzigane après l'avoir dépouillé de sa terre. Et chacun sait que, voilà vingt ans, lors de l'établissement du fameux « Règlement organique », le comte Kissélev se montra bien plus humain à son égard que tous les patriotes roumains ensemble : ce général russe, quoique adjudant d'un Tzar absolutiste, mais en vrai voltairien qu'il était, fit tout ce qu'il put pour décider les seigneurs terriens à lâcher prise, leur prouvant qu'à l'origine leurs ancêtres n'étaient que *les chefs* de ces communautés paysannes dont ils sont aujourd'hui les *propriétaires par usurpation*. Il n'y eut rien à faire : le généreux et clairvoyant *étranger* se heurta à l'avidité *nationale* des nobles et échoua.

« Voici quelques vérités, messieurs ! Tournez-les sous toutes les faces : elles resteront des vérités.

« Et maintenant, permettez-moi de vous déclarer que j'estime cette maison sur le compte de laquelle j'ai entendu dire tant de mal et si peu de bien : la franchise de sa maîtresse m'a permis d'être franc à mon tour et d'affirmer tout haut ce que j'ai toujours pensé. »

*

Devant cette puissante voix d'Occident, nos ennemis battirent en retraite. Personne n'osa répliquer. Accablé, Daniel Crasnaru reprit sa place. Une gêne explicable pesait sur tout le monde. Il faisait nuit.

Soudain, un brusque tumulte dans la cour — cris de charretiers, sons de cloches, claquements de fouets — fit tressaillir les assistants.

Le Consul, qui se trouvait près de la fenêtre, scruta les ténèbres. Floritchica, souriante, lui dit :

— Ne vous inquiétez pas, monsieur le Consul. Vous ne devez pas apercevoir de bien méchantes choses !

Regardant toujours, le Consul répondit :

— Ma foi, ce que je vois est bien bizarre : une charrue sur la neige !... Deux superbes bœufs blancs... Le tout enrubanné... Puis six paysans, dont un sonne la cloche et parle rapidement près de la porte ; trois claquent du fouet et deux autres manœuvrent un petit fût qui lâche des beuglements imitant ceux du taureau.

Et, se tournant vers l'hôtesse :

— Qu'est-ce que cette comédie ?

— Eh bien, c'est notre traditionnel *Plogousho-rul, la charrue*... Nous sommes le soir du Nouvel An, et, à cette date, les paysans vont de maison en maison souhaiter à tous les cultivateurs une année de récolte abondante. L'homme qui « parle rapidement » nous décrit les exploits agraires de son *frère aîné Trajan,* frère âgé de dix-huit cents ans, mais toujours vivant dans la mémoire du narrateur. Et rien que pour comprendre son mirifique récit, long de cinq cents vers, il vaudrait la peine d'apprendre le roumain !

Le Consul se leva pour partir, ainsi que l'abbé Uhrich. En donnant la main à Floritchica, le premier dit :

— Vous êtes un peuple étonnant et qui mérite un meilleur sort. Faites votre devoir : l'appui de la France vous est assuré !

VI

Sous l'élan de généreuse colère qui montait de toutes parts, le printemps 1856 nous apporta deux belles victoires : l'abolition de la peine de mort et l'affranchissement des Tziganes.

Domnitza de Snagov décida de fêter l'accession parmi les hommes libres du peuple le plus gai de la terre, promptement et d'une façon inouïe. Elle envoya à nos amis, et même à quelques adversaires sympathiques, le mot suivant :

Floritchica donne, aujourd'hui en huit, un déjeuner en l'honneur de l'affranchissement des Tziganes. Si cet événement vous a réjoui, venez unir votre joie à celle des convives qui prendront part à ce déjeuner.

On sait que les riches mangent fréquemment en l'honneur des pauvres, mais les fêtés ne participent jamais à ces repas donnés en leur honneur.

Il n'en fut pas ainsi lors de la fête de Snagov. La table des maîtres comptait vingt couverts. Celle des Tziganes en avait cent. Et les deux n'en faisaient qu'une, sise près de l'étang, sur l'herbe toute jeune.

Naturellement, les Tziganes durent se bien laver et se vêtir pour le mieux, avant de se mettre à table, car une autre habitude oblige les meilleurs seigneurs à ne pas supporter dans leur voisinage l'homme qui travaille, sue et pue. Et quoique les misérables eussent épuisé tout le savon de Snagov dans le but de se faire supporter pendant une heure à la table de leurs maîtres, il y eut quand même, au moment du suprême bonheur, des narines sensibles qui esquissèrent la grimace millénaire des hommes bien nés pris au dépourvu.

Floritchica (par bonté, bien entendu, et aussi parce qu'une fois n'est pas coutume) s'était chargée elle-même de frotter les pattes de Trasnila et de lui couper ses ongles boueux ; ce geste, accompli devant toute la tribu, lui valut l'immortalité dans les cœurs de la gent tzigane. Puis, à table, elle l'assit à sa droite, et lui conseilla de « ne pas parler, ni boire, la bouche pleine ; de ne pas trop se pencher sur son assiette, ni claquer la langue, et surtout de ne pas tremper ses doigts dans la sauce pour les sucer ensuite » — prescriptions qui exaspérèrent le *vataf* de cour et le firent s'écrier très sincèrement :

— Alors, domnitza ! C'est ça, la liberté ?

Ce cri de détresse égaya les commensaux attristés par ce nivellement passager, et leur permit de se payer une pinte de bon sang. On aime tellement à dépasser son prochain et en quoi que ce soit, serait-ce même dans la façon de ruminer.

*

A la fin du repas, Floritchica dit :

— Maintenant, Trasnila, nous voudrions bien écouter une histoire tzigane : en sais-tu une ?

Trasnila, jovial et tout à son aise, répondit :

— Une histoire « tzigane » ? J'en sais une, la mienne, mais je crois qu'elle est plutôt *humaine.*

— Eh bien, raconte-nous-la !

— La voici, *honorés boïars*. Il ne faut pas vous attendre à ce que je vous amuse. Les Tziganes sont souvent bons à cela. Ce n'est pas mon cas. Ma faute non plus.

*

Le début de mon histoire me fait penser au fameux proverbe roumain : *Quand un Tzigane devient empereur, il commence par faire pendre son père.*

Pauvre empereur ! Il doit avoir eu un père comme le mien. Si je ne l'ai pas pendu moi aussi, eh ! l'envie ne m'en a pas manqué, et du trône je me serais passé.

Mon père est un boïar roumain du côté de Calafat. Il vit toujours, gras et bien portant. Je ne suis pas le seul à être son fils : nous étions un tas de Tziganes, garçons et filles, qui lui devions la vie, sans avoir, pour cela, de quoi lui garder une reconnaissance éternelle, car, à l'exemple de tous les seigneurs, il ne fit autre chose que rendre enceintes les plus belles pucelles des tribus dont il était le despote, ce que les chiens font avec bien plus d'équité.

Je savais de lui ceci (que ma mère me raconta,

un jour de pluie) : qu'il avait hérité toute la fortune de son père, étant très jeune, à peine rentré des études ; qu'il n'avait jamais voulu se marier « parce que les femmes trompent leur mari » ; qu'il était revenu chez les *Frantzouchkas* dégoûté de la femme parfumée et qu'il raffolait des jeunes filles tziganes.

Quand j'ouvris les yeux sur l'ignominie de notre état d'esclaves, il était dans toute la force de son âge. Un peu plus tard, vers ma dix-huitième année, je l'entendis un jour crier, en nous montrant une belle Tzigane :

— Celui qui touchera à Profiritza sera battu à mort. Elle ne travaillera plus à partir d'aujourd'hui !

On savait ce que cela voulait dire. Je crus pouvoir répondre sur-le-champ, en enlevant mon bonnet :

— Maître ! Que les jours heureux de ta seigneurie soient sans fin comme le nombre des belles filles que tu pourrais avoir, mais laisse-moi Profiritza ! Elle est à moi et le veut bien !

J'ai dit cela d'un seul trait, et tout de suite la tribu s'est mise à hurler, comme elle en a l'habitude lors des enterrements. Les femmes s'arrachaient les cheveux. Les mâles crachaient avec dépit :

— *Ptiou !* Tzigane bête ! Il sera tué !

Mon père le maître descendit l'escalier et me demanda :

— As-tu déjà touché Profiritza ?
— Non !
— Heureusement pour toi !
Puis à l'intendant :
— Tire-lui cinquante coups !
Profiritza se jeta à ses pieds et le pria, de toute la tendresse de ses quinze ans, de me pardonner, mais le cœur de ce père ne s'attendrit pas et j'ai reçu mon compte. Je n'ai rien senti, car mes yeux purent au moins regarder, pendant ce temps, ceux de Profiritza, qui jetaient des flammes.

Je ne devais pas la revoir de si tôt : elle fut confiée à la vieille Tzigane qui soignait le corps des filles destinées au lit du maître, et moi, avec dix autres esclaves, hommes et femmes, je dus partir dès le lendemain matin, sous l'escorte d'un sbire armé d'un fouet. Nous étions offerts en *danié* au supérieur d'un monastère très éloigné de Calafat, où nous arrivâmes après une semaine de marche. On avait séparé le mari de la femme, la mère de son enfant, le fiancé de sa fiancée, et on était resté froid devant nos cris et nos larmes comme on le reste devant les bêlements des brebis séparées de leurs agneaux.

Eh ! « Honorés boïars ! » Savez-vous que, de tous les maux dont nous souffrions — fouet, chaîne, cornes de fer, viol de nos femmes —, ces séparations nous étaient les plus dures ?

Maudits soient à jamais, de père en fils et

jusque dans leurs tombes, les impies qui nous ont torturés de cette façon !

Pendant deux années, le monastère nous surveilla de près. Il n'y avait pas moyen de s'éloigner d'un pas, aux travaux des champs, pour faire ses besoins, sans être aussitôt hélé et battu. Puis, quand on s'aperçut que l'oubli avait gagné les cœurs du nouveau troupeau, nous fûmes lâchés comme les autres.

Mais, moi, je n'avais pas oublié ma Profiritza. Jour et nuit je ne voyais qu'elle. Ma poitrine brûlait à me faire croire que c'était de la braise qu'on promenait dessus. Et un soir j'enfourchai un bon cheval d'écurie et disparus comme une *nalouca*[1].

Je galopai sans répit, à travers bois et champs, jusqu'au matin, où la pauvre bête tomba pour ne plus se relever. Je lui enlevai le licou, lui baisai les sabots, et repartis à toutes jambes, mais, pas bien loin de là, je dus me débrouiller autrement. Dans une prairie, une belle *hérghélia*[2] paissait sous la garde de deux Tziganes qui jouaient aux osselets. Je me suis dis : *Tant pis pour eux;* et m'étant avancé en rampant, je saisis par la crinière une jument qui crut que le diable lui avait sauté sur le dos et faillit me tuer. Les pauvres Tziganes me crièrent :

1. Vision.
2. Troupeau de chevaux, haras.

— Arrête ! Nous serons assommés !

— Faites comme moi ! leur lançai-je, en partant à plat ventre.

Le soir même, je rôdais aux environs de la cour du maître chien. C'était pendant le mois des cerises. Profiritza savait que je l'appelais toujours en faisant le coucou. Je pliai ma langue et jetai quelques cris dans la nuit... Vaine attente... Je sifflai à nouveau... Rien. — *Elle m'a oublié et s'amuse maintenant avec le boïar,* me dis-je.

Le cœur me fit mal à mourir. La fatigue, le manque de nourriture eurent raison de mes forces. Je m'affaissai et lâchai le licou de ma jument : va-t'en au diable !

Je pensai mettre le feu à la maison et, après, me jeter dans un puits. Cependant, Dieu ! Qu'il faisait bon vivre ! J'avais vingt ans et j'aimais la vie comme tous les Tziganes. Enfin, pourquoi croire si vite que Profiritza était heureuse ?

Cette bonne idée alourdit mes paupières et je m'endormis dans le champ.

....

Je me réveillai à grand-peine, le visage baigné par les larmes de ma Profiritza. Depuis longtemps elle pleurait sur ma poitrine.

Ahuri par le sommeil, je la serrai dans mes bras. Elle ne sentait pas bon ; alors je lui tâtai les mains et les pieds ; ils étaient crevassés.

— Tu n'es plus avec le boïar ? lui dis-je.

La pauvrette se lamenta.

— Il m'a renvoyée au travail un mois après ton départ, mais ce n'est pas de cela que je me plains : c'est qu'il m'a estropiée... Je souffre du ventre. Les douleurs m'ont courbaturée. Ce soir j'ai cru mourir. C'est pourquoi je n'ai pas pu sortir tout de quite. Et toi ? Tu t'es enfui du monastère... Ce sont les cornes et la chaîne qui t'attendent !

Je ne lui répondis rien. Malade, elle m'était encore plus chère, et je ne me rassasiais pas de la tenir enlacée.

Profiritza alla me chercher un peu de nourriture. Une meule de foin nous abrita jusqu'à ce que les Pléiades penchassent vers le couchant, puis, la main dans la main, nous nous dirigeâmes vers le Danube. Je retrouvai ma jument en chemin. Elle se laissa prendre par le licou et me rendit un dernier service, car je la donnai au batelier qui nous passa le fleuve.

Nous étions maintenant à Vidin. Terre bulgare. Toujours la Turquie.

Quand je vis, au jour, l'image vraie de ma Profiritza, je pris peur. Elle était méconnaissable : maigre, les yeux enfoncés et fiévreux, les lèvres blanches, la démarche traînante, pliée sur elle-même. Tous les cents pas, elle était obligée de s'asseoir sur le bord de la route.

C'est dans un de ces arrêts que nous fûmes vus et accostés par *Kéhaïa* Léonti, la crapule qui devait me rendre plus malheureux que jamais. Il était en voiture. A côté de lui, une jeune et belle Bulgare, mais triste à fendre le cœur. Je compris que c'était un grand de Vidin, me levai et me découvris. Il arrêta et me fit approcher. Vieux au regard farouche, à la face rongée par la vérole, il me déplut terriblement.

— Qui es-tu ? Que faites-vous là ? me demanda-t-il en turc.

Il avait raison de me le demander : que peuvent bien faire deux Tziganes assis au bord d'un chemin ? Voit-on jamais des ânes, des bœufs, traîner çà et là, sans maître ? Et lorsqu'on les voit, on les ramasse, Tziganes ou bétail !

C'est ce qu'il fit, quand je lui eus répondu :

— Nous sommes là, depuis ce matin... Ma femme est malade...

— Suivez-moi, derrière la voiture ! me cria-t-il méchamment.

La voiture repartit, au pas des chevaux. En la suivant, je dis à Profiritza :

— Je crois que maintenant *nous sommes tombés du lac dans le puits.*

C'était bien cela. Nous nous trouvions entre les mains d'un bourreau : mon père le chien rendait les jeunes filles enceintes ou malades, puis les abandonnait ; *Kéhaïa* Léonti les tuait, mais par les mains d'un inconnu.

Une semaine s'écoula. Nous ne savions quel était notre emploi, ou notre sort. En arrivant dans la cour, *Kéhaïa* m'avait montré une cabane :

— Vous resterez là. Aucun travail pour le moment, tu soigneras ta femme. Après, tu me rendras un *service* et vous pourrez partir.

Je crus à la veine et lui baisai le bas de sa robe, mais, les jours suivants, nous fûmes étonnés de voir la tristesse de cette cour, où pas un esclave ne chantait, ne dansait, et où tous les domestiques se glissaient sans presque échanger un mot gai.

Quand le jour du « service » arriva, Seigneur ! je faillis m'évanouir, tout gros Tzigane que vous me voyez !

Il m'appela un soir et, me mettant dans la main une bourse et une corde en soie, il me dit :

— Derrière cette porte-là se trouve la jeune fille que tu as vue dans la voiture. Je pars ce soir pour ne rentrer que demain à la même heure, et je veux trouver cette femme morte ! Tu l'étrangleras. Si tu ne le fais pas...

Je n'entendis plus rien. Ma tête tournait. Je me laissai aller sur le parquet, où minuit me surprit hébété, vide de toute pensée.

Mon premier mouvement fut de me sauver ; aucune porte ou fenêtre ouverte ! Alors je criai : Mamouca-a-a ! Pourquoi n'as-tu pas avorté ? Pauvre de moi ! Pauvre pauvret !

Je fourrai dans les poches corde et bourse, j'entrebâillai doucement la porte maudite : une grande chambre, riche ; sur un divan, la jeune Bulgare. Elle sauta debout, droite, belle comme une Cosînzeana[1], et me cria en turc :

— J'aime !

Ce mot me frappa le cœur pis qu'un poignard. Je regardais son cou et songeai : *Tu aimes et je dois t'étrangler !* Et prenant des deux mains un fer de la cheminée, je me suis cogné de toutes mes forces là, au front.

Le sang m'inonda le visage. La jeune fille s'approcha, tomba à genoux et croisa les bras sur sa poitrine. Puis, elle alla se jeter sur le divan et sanglota sans arrêt, un seul mot sur les lèvres :

— Dimitri... Dimitri... Dimitri...

Moi, je m'assis à l'entrée de la chambre, près de la porte grande ouverte, et c'est là que je fus trouvé par *Kéhaïa* Léonti.

Il vint sur la pointe des pieds et donna un coup d'œil au divan : la Bulgare ne bougeait pas ; elle restait face en bas, la tête enveloppée dans un fichu, endormie peut-être.

Je me levai. *Kéhaïa* me fixa d'un regard qui voulait dire : *Quoi, elle t'a cogné avant de mourir ?*

Pour toute réponse, je laissai tomber ma tête sur ma poitrine ; mais comme il allait au divan et allongeait la main pour voir si je lui avais rendu

1. L'héroïne des contes populaires roumains.

le « service », un coup de poing que je lui assenai sur le sommet du crâne l'étendit à terre.

Ce fut tout. Et sûrement il avait trouvé son compte.

....

Dans la nuit sombre, je quittai la cour, la Bulgare évanouie dans mes bras. Près du Danube, avant de nous séparer, elle nous raconta son ardent amour pour Dimitri, son rapt, son refus de céder au tyran, et me donna, en souvenir, cette « constantinate »[1].

Puis, j'ai repassé le fleuve avec ma Profiritza, et, deux ans durant, nous avons vécu dans les forêts.

L'or de *Kéhaïa* m'avait servi à m'acheter des armes. Je voulais me faire haïdouc, entrer dans quelque bande, mais ce fut en vain que je courus les montagnes pour en rencontrer une. En revanche, j'eus le malheur de me trouver nez à nez avec une *potéra* commandée par le neveu même du supérieur du monastère que j'avais fui.

Nous nous sommes défendus jusqu'à la dernière décharge. Profiritza fut tuée à côté de moi. Criblé de blessures, je fus ramené au monastère, où, au lieu d'être pendu comme je m'y attendais, on me mit des cornes et une chaîne à la cheville.

1. Pièce d'or fétiche, à l'effigie des saints empereurs Constantin et Hélène.

C'est dans cet état que m'a trouvé domnitza Floritchica ; elle m'a... racheté et m'a fait asseoir aujourd'hui à cette table.

VII

Si j'étais croyant, je dirais que Dieu a placé le chagrin tout près de la joie pour mieux prouver à l'homme le néant de la vie et le réconcilier avec la mort. J'ai souvent pensé à cela pendant les cinq années vécues à Snagov. Le gros de notre amertume, nous l'avons bu à l'occasion du fait suivant.

Peu avant que la peine capitale fût abolie, elle frappa, mais de façons très différentes, deux chefs haïdoucs : Jiano et Boujor, capturés et condamnés à la pendaison presque en même temps.

Boujor — fils de prêtre villageois et caractère entier — paya courageusement sa dette à l'ignominie humaine. Par contre, Jiano, le farouche Jiano, fils du grand boïar, fléchit devant la corde et *rejoignit ses pareils comme l'eau sortie d'une rivière doit fatalement rentrer dans son lit,* selon notre proverbe.

La comédie fut adroitement montée, et l'honneur du haïdouc sauf. On sait qu'une vieille et sacrée *datina* roumaine accordait la vie et la liberté au condamné à mort qu'une vierge s'offrait à épouser au moment même où le brigand allait expier ses crimes. Un pope leur donnait la bénédiction nuptiale au pied du gibet. Le bourreau était leur parrain.

La vierge qui s'offrit à épouser Jiano était la demoiselle d'honneur d'une *domnitza,* pas celle de Snagov, une vraie : la fille du Prince qui régnait sur la Valachie.

Ainsi, Jiano put finir ses jours en promenant ses souvenirs de haïdouc dans un palais, allant en babouches de soie et bras de chemise.

Il n'est pas donné à tout le monde d'avoir les épaules fortes. Et le roumain dit encore que *la peau fine du visage, c'est à grands frais qu'on l'entretient !*

*

Ces deux pertes, l'une plus navrante que l'autre, produisirent une grosse déception dans les rangs des haïdoucs, surtout que Boujor périt par trahison. La confiance en Snagov diminua, les compagnons jugeant inutile d'y aller par quatre chemins pour toucher le cœur du boïar. Beaucoup d'entre eux désertèrent nos deux vaillants amis Groza et Codreano, formèrent des bandes de pillards et saccagèrent bons et mauvais, tout ce qui leur tombait sous la main.

D'autre part, notre affaire de marchandises étrangères prit subitement une tournure inattendue : la nouvelle façon de vivre jeta sur le pavé des corporations entières d'artisans qui confectionnaient depuis des siècles tout ce qui était nécessaire à la vie ancienne.

Un grondement de colère éclata et atteignit des proportions menaçantes. Les bandes, armées de matraques, parcouraient les rues des villes, battaient les Juifs, rendus responsables de la suppression de l'artisanat, et cassaient les vitres de leurs magasins. Les autorités qui nous avaient livré, moyennant de lourdes bourses d'or, les permis de commerce, furent déclarées antinationales. Plusieurs personnalités officielles durent démissionner.

A la tête des mécontents se trouvait un certain Arghiropol, grec d'origine, antijuif par profession. Il était soutenu par cette classe nouvelle d'enrichis vulgaires et avides de domination que le peuple appela des *ciocoï*, anciens domestiques des vrais boïars ruinés par eux.

Les *ciocoï* étaient nos ennemis les plus acharnés, et leur puissante solidarité s'imposa bientôt à tout le monde. L'humiliation, le mépris qu'ils rencontraient partout les obligeaient de faire bloc contre leurs maîtres d'hier. L'argent dont ils disposaient leur servit à la corruption et à s'infiltrer dans toutes les fonctions publiques. Le danger de cette vague de punaises affamées n'échappait à personne, mais on ne pouvait rien contre elle. Une classe de privilégiés, lourde de sang et d'exploitation, se mourait ; une autre bien plus basse la remplaçait. Nous nous trouvâmes pris entre les deux, également haïs, également menacés. Entre les Arghiropol et les Daniel Crasnaru, il y avait peu d'abbés Uhrich roumains pour nous soutenir. Le paysan était donc loin du jour où il eût pu se dire : je serai enfin heureux ! Et nous, qui luttions pour le bien de tous les travailleurs, nous prenions figure de mauvais patriotes.

Certes, le progrès écrasait nombre de catégories ouvrières ; mais peut-on concevoir quelque chose de plus vil que l'exploitation de ce malheur dans le but d'en tirer un profit personnel ? Et qui étaient ceux qui nous dénonçaient à la vindicte des mécontents ? Précisément les *ciocoï,* ces fripons qui avaient été les premiers à adopter les usages étrangers que nous importions. Pour eux, Snagov était un « nid de *farmaçons* », instrument de la « juiverie ». Le *reste,* ils ne le savaient pas. Pas encore.

Ils devaient l'apprendre grâce aux soupçons qu'éveilla le récit de Trasnila.

*

Un soir d'automne 1858, Floritchica donnait un dîner en l'honneur de la France représentée par son Consul et l'abbé Uhrich. C'est que de grands événements avaient eu lieu auparavant et l'énergie française avait fait triompher nos droits.

Les élections des deux Divans, qui avaient la mission de désigner un Prince, le même pour les deux pays, s'étaient faites dans des conditions particulièrement scandaleuses. Arghiropol, devenu commandant de la milice valaque, et Daniel Crasnaru, grand intrigant moldave, firent tout pour écarter les partisans de l'*Union.* La parodie de « volonté nationale » qui surgit de ces élections outra le colonel Couza. Le lendemain de cette « consultation » il donna sa démission en claquant les portes. Le représentant de la France à Bucarest ainsi que l'abbé Uhrich et Hood-bey se chargèrent de dénoncer le complot aux Puissances occidentales. Napoléon intervint vigoureusement à Constantinople, menaça de rappeler son ambassadeur et obtint l'annulation par la Porte de ce succès tzariste.

Le résultat des nouvelles élections fut acceptable, et on pouvait attendre de lui la réalisation de cet espoir national : l'union des Principautés. C'était aussi le vœu de la France. Et justement ce soir-là, on passait en revue la personnalité des candidats, très nombreux, au trône de demain.

Nous en étions au café, quand l'hetman Miron et Floritchica aperçurent un visiteur inconnu qui, mêlé à la foule des bavards, avait l'air de prêter l'oreille aux conversations. Personne ne put dire qui l'avait introduit. Il était venu après le dîner, profitant de cette hospitalité roumaine qui tient les portes ouvertes à qui veut entrer. Ses allures de *ciocoï,* sa moustache à la grecque et son impertinence trahissaient bien un de ces mouchards qu'Arghiropol envoyait souvent à nos réunions, mais celui-ci semblait quelqu'un, car il s'approchait hardiment du cercle intime où discutaient la maîtresse et ses hôtes français : d'âge mûr, brun foncé et fort correctement vêtu *à l'européenne,* l'inconnu rôdait autour de notre groupe en tourmentant nerveusement la « moustache » touffue qu'il portait comme la plupart des Grecs de l'époque.

On ne s'attendait pas à le voir nous adresser la parole, mais sur une question de l'hetman moldave concernant la candidature certaine de Couza, on l'entendit nous crier d'une voix ferme :

— Qui est donc ce Couza ? Probablement encore un de ces haïdoucs assassins !

La stupeur causée par cette apostrophe nous rendit muets le temps de permettre à Floritchica d'étouffer une parole violente de Miron. L'abbé Uhrich, conciliant, se hâta de répondre :

— Ma foi, monsieur, dans ce pays d'assassins officiels, je ne crois pas que les haïdoucs soient les plus sanguinaires !

— Qui êtes-vous, s'il vous plaît ? demanda la maîtresse.

— Je suis Théophile Kiriacos, capitaine de potéra !

— Et qu'est-ce que vous voulez que cela nous fasse, *à nous ?*

— Rien... pour le moment... madame !

— Et plus tard ?

— On verra...

Cyniquement souriant, le capitaine de potéra recula et disparut dans l'assistance. A l'instant même, Floritchica était appelée dehors par Trasnila. Je l'accompagnai.

Le Tzigane, à la face aussi noire que la nuit, avait les yeux hors de la tête :

— Domnitza ! J'ai vu ici l'homme qui m'a arrêté... C'est celui qui porte la « mouche ».

— Le neveu du supérieur d'Orbou ?

— Lui ! Et il m'a vu aussi, en entrant.

— T'a-t-il reconnu ?

— Très bien. Il m'a même dit : « *Ah, tu es là ? Il y a longtemps que je te cherche !* »

*

Floritchica me saisit le bras :

— Envoie vite cinq hommes à cheval, Elie en tête, sur la route de Bucarest ; le même nombre, avec Spilca et Movila, sur celle de Ploesti. S'*il* est seul, ou à deux, qu'on leur grille la « mouche » ! Mais s'ils sont nombreux... tant pis... *On verra...* En tout cas, nos compagnons n'auront pas à guetter plus tard que minuit. Et écartez toute surveillance dans la cour, au départ des invités.

Quelques minutes plus tard, l'ordre était exécuté et je reprenais ma place à côté de l'abbé, qui me plaisait beaucoup.

Kiriacos, une main dans la poche, fumait et regardait une partie de cartes. Deux fois, il hasarda un louis et gagna. On voyait bien que personne ne le connaissait. Je voulus observer le moment de son départ. Le malin se glissa dans la nuit, inaperçu.

Vers les dix heures, la maison était vide, toutes les lumières éteintes, tout le monde couché. L'automne, nous n'avions point d'hôtes à héberger.

Et maintenant, sur le balcon éclairé par une lune malade, nous attendions, Floritchica et moi, le retour des haïdoucs. Elle était songeuse, comme ces arbres nus qui pressentent les rigueurs de l'hiver tout proche.

— Tu crains que nous ne soyons trahis, si Kiriacos échappe ? lui demandai-je.

— Trahis, nous le sommes déjà... Et nous le serons encore mieux, qu'il échappe ou non, à mesure que nous agirons.

Floritchica parlait avec la voix d'une personne déçue, ce qui m'étonna, car je lui connaissais un courage à toute épreuve. Je désirai en savoir plus.

— Et alors ?

— Et alors... on verra. Nous finirons comme des haïdoucs. De cela je ne doute pas un instant ; tôt ou tard, on l'apprendra ; nous serons pris et condamnés. Mais au moins je voudrais voir l'union s'accomplir et, si possible, avec Couza sur le trône. Ce serait un grand pas en avant. J'ai foi dans le cœur de cet homme. Il ne fera, certes, pas tout ce qu'il voudrait faire, mais qui de nous peut réaliser son rêve ? Une vie d'homme peut tout juste bouleverser une charretée de glaise. Pour le reste, c'est le temps qui est le grand artisan ; petit à petit, en tuant les hommes, il améliore la vie. Il le fait un peu plus vite si les hommes l'aident. Nous l'aidons, et c'est là tout ce que nous devons à la vie. Nous le devons. Tout homme le doit.

Je contemplais cette curieuse mère, que j'aimais pour sa vaillance et sa jeunesse, fraîche à trente-huit ans, et je me disais : « Elle me cache quelque chose ! » Je hasardai :

— On dit que tu ambitionnes de devenir l'épouse d'un Miron... premier ministre. Est-ce vrai ?

Son visage resta impassible :

— Non, Jérémie, ce n'est pas vrai... Mon ambition est bien plus haute que celle d'être « la femme de X ». Je suis née généreuse, c'est-à-dire que la souffrance de mon prochain résonne dans mon cœur avec tant de violence qu'il ne m'est possible d'être heureuse qu'en faisant le bien.

Mes yeux se remplissent de la misère animale de ce peuple, bon comme tout ce qui est peuple, et elle me fait souffrir comme si elle me retirait l'air respirable. C'est pourquoi, dès le jour où je me suis senti une force capable de se jouer de la tyrannie des puissants, j'ai risqué mon bien-être et ma vie même pour satisfaire ce besoin de mon cœur : soulager mon prochain d'une partie de sa peine.

« Si seulement chacun pouvait sentir la douceur d'une telle ambition ! La vie assez riche en souffrance par elle-même, serait au moins exempte de l'horrible contribution de l'égoïsme humain. »

*

Floritchica se tut pour fixer un point dans la forêt : le ciel était débarrassé de ses nuages, on pouvait compter les arbres comme en plein jour, et nous apercevions de loin un homme en qui nous reconnûmes bientôt Trasnila. Il portait quelque chose sur une épaule, une espèce de fagot. C'était en effet un fagot de quatre fusils.

— L'as-tu envoyé quelque part ? me demanda Floritchica.

— Non. D'où diable vient-il à cette heure-ci ?

En entrant dans la cour, le Tzigane nous vit sur le balcon et s'écria aussitôt :

— Domnitza... C'est fait !... Je leur ai « grillé la mouche »... Ils étaient deux.

— Qui ? Où ? Comment ?

— Mais... le capitaine de potéra ! Vous l'aviez ordonné... Et comme les routes vers Bucarest et Ploesti étaient gardées, je me suis embusqué à tout hasard sur le petit chemin qui va à Caldarushani, au monastère : ces chiens-là aiment les monastères. Et voilà ! Il a passé, avec son adjudant, tous les deux à cheval, sans se douter de rien. De ma fosse, j'ai levé un fusil après l'autre : pac ! pac ! Les bêtes ont pris la fuite. Les cavaliers n'étaient pas morts, et j'ai dû appuyer un peu avec ma semelle sur leur cou.

....

Vers une heure du matin, Elie et Spilca rentraient avec leurs hommes, tous la mine morose. Se dirigeant vers l'écurie, les deux chefs grondèrent à tour de rôle :

— Le vilain n'a pas passé sur notre route !...

Floritchica, l'esprit absent, les laissa sans réponse et me dit, en allant se coucher :

— Et maintenant... *on va voir*, comme disait l'autre !

VIII

Janvier 1859 ; élections des princes dans les deux Principautés danubiennes. L'effervescence est à son comble d'un bout à l'autre des pays roumains. Elle l'est également dans la maison des haïdoucs, mais la cause en est double, car à l'émotion légitime provoquée par ce grand événement s'ajoutait l'inquiétude des recherches judiciaires entreprises par les autorités de Bucarest dans le but de découvrir les assassins de deux potéraches tués par Trasnila. L'instigateur de cette enquête, nous n'en doutions pas, c'était Arghiropol, ami du capitaine de potéra.

Toute trace de haïdoucie à Snagov fut effacée dès le lendemain du meurtre : les armes furent enterrées ; la plupart des hommes, éloignés. Aux policiers venus pour enquête, Floritchica montra son intérieur de « brave bourgeoise ».

L'affaire en était là, menaçante : quoiqu'un peu entravée par la fièvre des élections, elle pouvait reprendre et nous écraser grâce aux moyens de corruption employés par Arghiropol pour délier la langue de quelque domestique tzigane.

— Advienne que pourra, disait Floarea Codrilor, notre devoir est d'aller jusqu'au bout !

Ce « bout » était l'élection de Couza ; mais pour être élu il fallait d'abord qu'il posât sa candidature au trône, et ce bourru de colonel s'était enfermé chez lui sans plus donner signe de vie. Nous attendions, dans cette première semaine de janvier, l'arrivée de l'hetman Miron, son ami intime, qui devait nous apporter une réponse décisive.

L'infatigable abbé Uhrich, parti deux mois auparavant pour Paris avec un rapport détaillé du Consul de France sur la situation dans les Principautés, était de retour et se trouvait chez nous quand Miron, à moitié gelé, fit brusquement son apparition.

— Eh bien, ça y est ? demanda aussitôt Floritchica.

— Ça n'y est pas du tout ! répondit l'hetman en se débarrassant des glaçons qui pendaient à sa moustache. — Il dit que le trône ne l'intéresse nullement ; que ce n'est pas dans son caractère de se joindre au « vol de corbeaux qui se disputent un cadavre » et que c'est inutile d'insister... Voilà ! J'ai passé toute une nuit à essayer de le faire revenir sur son entêtement : peine perdue !

Un instant interdite, Floritchica regarda notre ami se jeter, épuisé de fatigue, sur un divan, puis, elle éclata :

— Cet entêtement, il faut le briser ! Personne n'a le droit à la paresse quand tout le monde peine. Le refus de Couza me fait honte devant l'abbé, qui vient de sa patrie armé de tout ce qui nous est nécessaire pour réussir ! Comment ? Il reconnaît que des corbeaux dévorent le corps de sa nation et cela le laisse froid ?

Se tournant vers l'abbé, elle lui saisit une main et lui dit, suppliante :

— Voudriez-vous, mon père, donner une dernière preuve d'affection au peuple roumain ?

Le brave homme sourit et baissa les paupières :

— Parlez, ma fille...

— Eh bien : dans deux heures, nous prenons le chemin de Galatz pour décider Couza au devoir, et je pense à l'inestimable appui que serait pour nous votre présence, lourde d'autorité et riche de documents...

— Je vous accompagne, et d'autant plus volontiers que je dois aller à Jassy en mission.

Après le repas de midi, deux traîneaux nous emportaient tous quatre dans le même tourbillon de neige.

*

Ce voyage de cinq jours, au cœur de l'hiver, me fit souvent penser à la malédiction qu'est la vie des hommes et des bêtes, également opprimés par ceux que le destin favorise. Vraiment, il n'y a pas de quoi se réjouir d'être venu au monde avec une âme miséricordieuse.

La nature, n'ayant pas de conscience, est indifférente devant la douleur. L'homme qui, soi-disant, n'en est pas dépourvu y est tout aussi indifférent. Pris entre ces deux indifférences, le malheureux blasphème les auteurs de sa vie et le Créateur.

A travers les immenses campagnes, nivelées par la neige, désolées par la bise, oubliées par Dieu, j'ai vu ce malheureux, nous sommes entrés dans sa chaumière, nous avons pleuré sur lui pendant qu'il gardait les yeux secs. Il sait que, la nuit, sa cabane est régulièrement ensevelie sous l'indifférence de la nature. Il sait que, le jour, l'indifférence de l'homme le laisse enseveli, avec les siens. Alors il a la prudence de s'enfermer le soir avec sa pelle. Le matin, il ouvre la porte de sa tombe, commence par creuser un trou, un tunnel, dans la colline immaculée qui l'accable de sa générosité froide, et voici l'homme millénaire apparaissant de l'autre côté de la colline, pareil à une taupe, une taupe à deux jambes, qui s'appuie sur sa pelle, respire l'air pur et contemple le cimetière blanc de son existence noire.

Muette, la taupe humaine se dirige ensuite vers la tombe de ceux qui la nourrissent : sa vache, son bœuf, son cheval, une brebis. Là, c'est pire : par les brèches du toit, la neige a rempli la prétendue écurie. Le paysan crache dans les mains et déterre son trésor : des bêtes fantômes, os et peau, la peau percée par les os, les yeux éteints. Au choc de la pelle, elles se lèvent, la neige sur le dos, chancellent et s'effondrent. La crèche est rongée et diminue chaque jour ; il est vrai qu'elle n'est d'aucune utilité.

L'ilote du boïar roumain apporte une brassée de tiges de maïs, la jette devant les museaux des animaux martyrs, puis regagne sa tanière, brûle du fumier et pense à la grande pitié du Tout-Puissant.

Il n'est pas d'humeur trop sombre, et si vous entrez chez lui avec du pain, de l'eau-de-vie et du tabac, il se met aussitôt à vous raconter une petite histoire du genre de celle-ci, par exemple :

Il était une fois un homme pauvre et accablé d'enfants comme moi. Un jour, sa femme le gratifiant d'un nouveau-né, il ne sut plus à qui s'adresser pour qu'on le lui baptisât, prit le bébé et alla par un chemin de forêt chercher un parrain de fortune. La Mort surgit devant lui, enveloppée de son drap blanc, la faux à la main. Elle lui dit :

— Laisse-moi baptiser cet enfant, puis je t'enrichirai !

— Très bien, ma commère, le voici !

La Mort baptisa et dit à son compère :

— Maintenant, écoute : je vais frapper de lourdes maladies les plus riches seigneurs du pays. Aucun médecin ne les guérira. Tu iras leur dire qu'en moins de deux jours ton incantation les mettra debout s'ils te paient tant : demande beaucoup ! Introduit dans la chambre du malade, tu me verras présente : murmure quelques mots incompréhensibles ; je sortirai ; le riche se lèvera aussitôt. Tu deviendras fameux et pourri de richesses. Mais (il y a un mais), si, en entrant chez le malade, tu me vois me tenir à ses pieds, sache que l'homme est à toi, tu peux le sauver. Si, par contre, tu me vois installée à sa tête, cela veut dire qu'il est à moi, il doit mourir ; ne promets rien et va-t'en. Fais comme je te dis et la fortune viendra en peu de jours.

L'homme fit comme la Mort le lui avait conseillé, et, en moins d'une année, il devint aussi riche que le Prince : terres, bétail, serfs, équipages, à ne plus connaître leur nombre ! La commère se tint aux pieds des malades jusqu'à ce qu'elle eût jugé son compère suffisamment riche, puis, un jour, la voilà installée à la tête d'un mourant. C'était justement un vieux boïar qui avait promis, à qui le guérirait, la moitié de sa fortune. Le nouvel enrichi vit la Mort debout à la tête de son meilleur client, esquissa une grimace :

— Cède-moi, commère, encore celui-ci, le dernier, et j'en aurai assez ! lui murmura-t-il tout bas.

— Impossible ! fit la Mort d'un signe du crâne.

Le compère fut outré de ce refus, rêva un instant, et ordonna aux domestiques :

— Soulevez-moi ce lit avec le malade et tournez les pieds où se trouve en ce moment la tête !

La Mort comprit la farce que lui jouait son protégé. Comme elle n'est pas rancuneuse, elle lui céda le dernier malade, mais sortit en se disant : « On a beau vouloir le bien du pauvre monde, l'homme n'en a jamais assez ! »

*

Nous trouvâmes le colonel Couza au coin de son feu, en train de nettoyer un fusil de chasse. Un gros lévrier aboya amicalement, à notre entrée.

Floritchica donna l'accolade à son vieux camarade de plaisirs et d'espoirs.

— Alors ! C'est comme cela qu'abdique un haïdouc de ta dimension ?

Les dimensions du colonel haïdouc étaient, en effet, respectables, mais Floritchica parlait plutôt des dimensions de l'âme, et celles-ci, gravées sur le visage serein de Couza, ses yeux limpides, son regard pénétrant, m'impressionnèrent davantage : une âme forte, tragiquement appuyée sur un cœur chancelant, le cœur des passionnés. Energie, amour, faiblesse, bonté, tout cela était empreint sur sa bouche aux lèvres légèrement charnues et abritées par une moustache honnête qui se mêlait à une barbiche fournie.

Couza ne répondit pas à l'apostrophe de son amie. Il nous aida à nous débarrasser de nos fourrures, commanda du thé et frotta violemment les oreilles de l'abbé Uhrich, qui étaient un peu blanches :

— C'est une folie de venir de Bucarest à Galatz

par un tel hiver ! fit-il, reprenant sa place auprès du feu et le nettoyage du fusil. — Et puis, vous tombez mal : demain à l'aube je pars pour la chasse aux sangliers. Vous serez seuls pendant quatre jours.

— Tu peux aller à la chasse aux crocodiles même ! répliqua Domnitza de Snagov. Accorde-nous d'abord ta candidature au trône, et un peu plus vite que ça !

Le calme trompeur du colonel s'évanouit, ses yeux se courroucèrent, sa voix tonna :

— Moi, dans la foire aux bourreaux ? Moi, leur disputer le trône ? Jamais ! Il me semble que j'ai pas mal cédé en acceptant d'être préfet et militaire. Assez, maintenant ! Les convoitises du règne — qui ont déjà coûté une tête à la famille des Couza — sont trop en dehors de la vie qui me plaît pour que je risque aujourd'hui la mienne...

— La vie qui te plaît !

Floritchica s'adressa à l'abbé Uhrich :

— Ne le prenez pas au mot, monsieur l'abbé ! Vous saurez, mieux que quiconque, excuser un généreux d'une minute d'égoïsme. Il est sûrement attendu demain à déjeuner par quelque belle femme : laissons-lui passer les quatre jours qu'il nous demande à sa chasse aux... sangliers !

Puis, revenant à Couza, qui nous avait tourné le dos pour rire à la dérobée :

— Voyons, Alexandre : reconnais que ta mauvaise humeur vient de ce que nous sommes tombés au moment où tu te préparais à une escapade !

— Je reconnais tout ce que tu veux et tout ce qui fait plaisir à mes ennemis, mais je maintiens mon refus de m'acoquiner avec les chenapans qui font d'un prince leur girouette. Réfléchissez un peu : élu, mon premier mouvement serait de rendre au paysan sa terre et de chasser des couvents les moines satyres, après avoir sécularisé les domaines qu'ils ont volés à la nation. Eh bien ! peut-on faire cela contre les meutes d'aboyeurs vieux et jeunes ? Car, il ne faut pas vous y tromper : nos jeunes « idéalistes » d'aujourd'hui cachent sous leur masque de libéralisme la même soif de pouvoir et la même avidité que celles de leurs parents. Ce n'est pas pour rien que le peuple dit : *ce qui naît de la chatte mange des souris.* Non ! Je ne suis pas l'homme de ces bandes-là. Le bien et la justice se pratiquent seulement en restant simple citoyen. Le pouvoir défigure les meilleurs caractères...

— Laisse un peu cette vertu chrétienne de côté ! s'écria Floritchica. Aujourd'hui nous savons que le bien et la justice, pour obliger l'homme à être meilleur, ont besoin du pouvoir ; il faut les imposer à la méchanceté humaine qui prédomine. Et précisément pour cela les bons doivent entrer en lice et disputer le pouvoir aux méchants. Tout homme juste et généreux a le droit de crier ouvertement : *A moi une partie du pouvoir !* Il ne doit pas en rougir, car il est désintéressé. C'est la seule ressource qui reste aux vrais idéalistes s'ils veulent pousser le monde vers le royaume du bien et de la justice. Nous n'avons pas à tenir compte de la façon dont est faite la nature humaine : Dieu a fait ce qu'il a voulu ; à nous de faire ce qui nous convient ! Et si Dieu reste indifférent devant le sang qui se répand sur la terre, nous ne pouvons pas l'imiter, car à nous cela fait mal.

— Mais que pourrions-nous, une poignée d'hommes désintéressés, contre un monde de haine ? s'exclama Couza.

— Beaucoup, mon ami ! intervint l'abbé Uhrich. Le Fils de l'homme a été, lui aussi, au début, tout seul. Et, certes, il n'a pas pu changer la face de ce monde, mais sa foi a largement prouvé combien l'âme humaine était assoiffée d'idéal. Elle l'a toujours été... Elle le sera toujours... Et toutes les religions ont démontré ce désir de pureté. C'est cela qui nous importe : savoir que tout souffle de bonté, qui traverse cette humanité égoïste, la touche quand même, l'ennoblit et la pousse en avant. En voulez-vous un petit exemple ? Il vous regarde de près : il s'agit de votre refus de reconnaître la validité de ces élections que vous étiez chargé de surveiller. Eh bien, votre démission, si courageusement motivée, a permis à la France et à l'Angleterre de déjouer une machination tzariste qui, sans votre geste, eût abouti à maintenir pour longtemps encore, dans les Principautés, la néfaste domination russe. N'est-ce pas là une belle chose pour les forces d'un seul homme ? Et ce n'est pas tout ! Le retentissement de votre noble révolte a pénétré jusqu'au cœur du peuple. J'ai parlé de vous avec maints paysans moldaves. Ils m'ont dit : « *Notre* Couza ? C'est un haïdouc ! »

« Maintenant je viens au point capital de ma mission : votre haïdoucie, à l'heure actuelle, plaît à la France, qui voit en vous un bras fort contre les velléités russes sur Constantinople. Elle est prête à soutenir officieusement votre candidature au trône et, une fois élu, à vous faire reconnaître par la Porte. J'ai mis au courant de cette nouvelle les membres du Divan valaque, lesquels prétendent ne pas vous connaître. Demain, je pars avec la même mission pour Jassy.

« Voici deux lettres de vos amis Lamartine et Edgar Quinet. Lisez, mon garçon, et laissez-vous porter là où est votre place : la place du devoir historique. »

*

Le lendemain, très tôt, après avoir demandé une nuit de réflexion, Couza vint nous trouver au thé qui précédait le départ de tout le monde. Il était en costume de chasse et tenait un papier dans sa main gantée. Ah, la belle, la fière poitrine, sur laquelle le peuple roumain devait épingler peu après la plus sincère de toutes les médailles : celle de son inoubliable gratitude envers le seul Prince qui sut rester haïdouc jusqu'à la fin !

En passant le papier à l'hetman Miron, il dit, avec conviction :

— Vous avez ma candidature, mais je n'irai quémander la voix de qui que ce soit et je me réserve le droit de démissionner si je ne suis élu que dans une seule des deux Principautés.

....

Une heure plus tard, trois traîneaux prenaient trois directions différentes : Couza allait à la chasse, l'abbé Uhrich et Miron volaient à Jassy avec sa candidature ; Floritchica et moi, nous rentrions à Snagov, donner le dernier coup d'épaule à la ténacité des boïars valaques.

Au moment du départ, Floarea Codrilor cria à Couza :

— Alexandre ! Fais attention aux sangliers que tu vas chasser : ils ont les défenses redoutables et pourraient te blesser mortellement !

IX

Pendant la halte de nuit que nous fîmes à Bouzeu, à mi-chemin entre Galatz et Snagov, Floritchica écrivit ce mot à nos amis Groza et Codreano :

Descendez le plus rapidement possible. C... vient de poser sa candidature, et nous devons user des moyens extrêmes pour qu'il soit élu dans les deux pays. Dans ce but, je rassemblerai à Snagov le plus de boïars électeurs. Venez leur fourrer un peu la terreur dans les os !

Floarea Codrilor.

Movila le *vataf*, qui fut le chef de notre garde au cours de ce voyage, partit en toute hâte porter la missive au père Manole, un de nos plus fidèles intermédiaires, le cabaretier-haïdouc qui nous avait approvisionnés pendant notre séjour d'hiver au *Vallon obscur*. Il tenait près du village de Lopatari, aux pieds mêmes des grosses montagnes buzoïennes, une de ces *cârciuma* dans lesquelles le berger, le voleur et le haïdouc se coudoient à chaque instant sans jamais se questionner.

Père Manole et son fils étaient nos courriers, et pouvaient dire, jour et nuit, l'endroit où se trouvaient nos compagnons, mais ils se seraient laissé couper en morceaux plutôt que de le dire. Bien entendu, cette fidélité, quoique sincère, n'était pas moins récompensée. Nous n'oubliions cependant pas que les autorités ennemies pouvaient payer encore plus grassement. Si jamais nous perdions cela de vue, elles se chargeaient de nous le rappeler promptement, comme ce fut le cas le jour même de notre retour à Snagov, quand nous apprîmes que deux haïdoucs, et non des moins enragés, avaient disparu pendant notre absence.

Cette désagréable nouvelle nous consterna. Il faut vraiment que l'homme soit beaucoup plus stupide que l'animal pour pouvoir sombrer ainsi, après avoir fait preuve, pendant de longues années, d'abnégation !

Floritchica les plaignit.

— Les malheureux ! Qu'est-ce qui leur manquait ici ? Et où trouveraient-ils plus d'affection ! Pourvu que nos amis descendent au plus vite, et qu'ils soient en nombre !

*

Les deux capitaines arrivèrent assez rapidement, par une nuit de brusque dégel et de boue affreuse, mais le nombre de leurs hommes s'élevait à peine à une quarantaine de fusils.

Ils avaient des mines pitoyables. Depuis la cessation de notre commerce, qui remontait à près de deux ans, les haïdoucs, obligés d'être sages, vivaient les six mois d'hiver sous terre, dans des *hrouba* humides, malsaines, où hommes et bêtes se chauffaient à la chaleur que dégageaient leurs corps.

Groza, surtout, avait le visage bouffi et les genoux enflés. Toutefois, sa vaillance était restée la même et il souffrait sans se plaindre. Aux supplications de son amie d'enfance, le conjurant de se soigner, il répondit :

— Bah ! Cela n'en vaut plus la peine ! Aujourd'hui ou demain, d'une façon ou d'une autre, je serai guéri par le médecin qui enlève toutes les douleurs sans employer de cataplasmes. Mais au moins, ce jour-là, je n'aurai rien à regretter ; j'aurai vécu à ma guise, en faisant beaucoup de bien et beaucoup de mal, l'un et l'autre en leur temps. La progéniture du boïar prononcera mon nom avec épouvante jusqu'à la « neuvième génération », alors que le paysan ira peut-être, pour le repos de mon âme, élever une prière à son Dieu haineux et indifférent.

La traîtrise des deux haïdoucs achetés par Arghiropol ne le surprit point :

— Il faut compter avec ceux-là aussi... La forêt la plus verdoyante ne manque pas de branches sèches. Mais s'ils vous tombent dans la main, soyez sans pitié : écorchez-les vifs ! De plus coupable que le boïar, il n'y a que le haïdouc traître.

— Et toi, mon bon Joakime ? s'écria Floritchica, enlaçant le chantre par le cou et lui donnant deux baisers chauds sur les joues. Tu me parais un peu triste ! Es-tu malheureux ? Et pourquoi, bon Dieu, le serais-tu ? Nous sommes loin du temps sombre où les boïars te demandaient des chants séraphiques, t'accablaient de froids bijoux et te refusaient les amours terrestres dont tu étais privé. Ne t'es-tu pas rattrapé depuis ? N'as-tu pas encore rencontré la petite amie qui te permit de lui embrasser les pommes dures de sa poitrine ? Dis brave Joakime, mon amant ! Te souviens-tu quand, alors que j'avais à peine quinze années, je te laissais me toucher les seins ?

Le vieux chantre se mit à pleurer. Il avait un nez bleu qui coulait, des bajoues flasques et des yeux troubles hors des orbites.

— Non... Floritchica... non ! balbutia-t-il. Rien de tout cela... Je suis encore aujourd'hui tel que ma mère m'a mis au monde... Tout insecte rencontre sa compagne, et ensemble ils connaissent la vie. Moi, je ne la connais pas : je vis comme un porc qui a été châtré à l'âge de six semaines. J'ai vécu, j'ai vieilli et je mourrai comme un porc châtré ! La haïdoucie elle-même me refuse ce que Dieu n'a pas voulu me permettre de goûter.

Joakime leva les bras :

— Mais, Seigneur — toi qui es dans le cœur de toute créature —, tu sais que je n'ai jamais songé à prendre de force, ou à acheter avec des bijoux ce que tu as jugé bon de me refuser ! Et haïdouc, hors la loi, je n'ai pas plus tendu ma main sur la femme égarée dans le *codrou* que je n'ai touché le fusil pour abattre quoi que ce fût de tes œuvres ! Tu l'as voulu ainsi... Que ta volonté soit faite, Seigneur, mais je pâtis beaucoup de n'avoir pas connu toute la vie, telle que tu la permets à tes plus minuscules insectes !

*

Les lamentations de Joakime, la maladie de Groza, la tristesse qui accablait Codreano même et la troupe des haïdoucs nous avaient fait pressentir que tout effort humain touche un jour à sa fin. Et, au-dehors, il en était comme dans nos âmes. Une forêt de branches noires, humides, et nues, qui s'égouttaient. Un ciel lourd, écrasant... Des corbeaux par milliers...

Oh, l'inanité de nos élans !

Le même désarroi régnait dans l'esprit des hommes politiques, amis et ennemis harcelés et affolés par la bande des candidats, une douzaine de princes de tout calibre et de boïars crevant de suif, tous prêts à vendre leur âme au diable contre six mois de règne. L'union des Principautés les tracassait si peu, qu'ils eussent volontiers acquiescé au dépècement de leur patrie en douze, vingt-quatre, trente-six parcelles, pourvu que chacun pût y trouver un petit trône !

Heureusement, l'intérêt de l'étranger — particulièrement celui de Napoléon III — ne s'accordait pas avec le désir de la meute princière. Il faut reconnaître aussi, comme dans toute chose humaine, que, dans les deux Assemblées électorales, il existait une poignée de boïars franchement désintéressés, sincèrement patriotes. Ils tenaient le bon bout et savaient ce qu'ils voulaient, alors que les autres changeaient d'opinion selon les arguments des partisans qui les assiégeaient.

Je les ai vus, les uns et les autres, lors de cette grande réunion qui fut décisive et la dernière dans la maison de Snagov. Elle eut lieu deux jours après l'arrivée des haïdoucs, appelés au secours de notre cause commune.

Les débats, les exhortations durèrent jusqu'à minuit. Le nom de Couza était constamment repoussé avec les mêmes arguments par la majorité des électeurs hésitants :

— Nous ne le connaissons pas... Nous ne l'avons jamais vu... Nous ne savons pas ce qu'il est capable de faire... Et puis, on le dit un peu volage, un peu autoritaire, voire brutal avec ceux d'entre nous qui possèdent beaucoup de propriétés... Il pourrait passer par-dessus nos têtes et nous dépouiller de nos biens... Ce n'est pas cela que nous voulons... Il faut aller doucement.

Comme nos meilleurs piliers, l'abbé Uhrich, et l'hetman Miron, se trouvaient à Jassy, Floritchica s'épuisa à réfuter la malveillance opiniâtre de ces boïars qui ne voulaient qu'une chose : maintenir leurs privilèges coûte que coûte. Elle fut, ce soir-là, d'une bonté angélique : aucune parole dure, aucune vexation ; des prières, des supplications :

— Ayez un peu de bonne volonté dans cette circonstance historique ! Profitez du concours généreux qui nous vient du dehors et soyez à la hauteur de votre tâche : l'indépendance et l'avenir des Principautés dépendent de la décision que vous prendrez cette semaine. Et Couza est le seul homme capable en ce moment d'étouffer toutes les querelles, de s'élever au-dessus des ambitions et des intérêts personnels pour forger la Roumanie unie de demain. Ne craignez pas non plus qu'il vous dépossède, il est lui-même boïar et propriétaire.

« Certes, il faudra faire des sacrifices ! Mais n'oubliez pas que le lopin de terre dont vous vous séparerez est dû à l'ilote. En le lui rendant, vous ne faites preuve que de la plus élémentaire justice : le paysan aussi a le droit d'avoir une patrie ! »

Empêtrés dans leur impuissance à trouver un argument honnête, les boïars passaient du verbiage le plus creux au silence renfrogné :

Minuit nous trouva là.

*

A ce moment, le son d'une cloche connue et l'arrêt brusque d'un cheval nous firent savoir que le courrier de Jassy arrivait par exception.

Tout le monde fut debout. Un jeune paysan au regard intelligent parut, une lettre cachetée à la main, ôta son bonnet et cria avec frénésie :

— Vive Couza ! Vive la Moldavie !

Floritchica éclata en larmes, serra le paysan dans ses bras et, décachetant la lettre, lut en sanglotant :

ALEXANDRE JEAN Ier COUZA
Prince de la Moldavie
à l'unanimité des voix — le 17 janvier 1859

MIRON

A peine avait-elle fini de lire, et alors que nos amis et une partie des boïars hésitants se jetaient dans les bras les uns des autres, la grande porte s'ouvrit violemment à deux battants, Trasnila hurla :

— Groza ! Codreano ! Les haïdoucs !

La foule des hors-la-loi, les deux chefs en tête, fit irruption dans l'assemblée au milieu d'un ébahissement général. Nous-mêmes en fûmes surpris, le coup n'étant ni prévu ni convenu. Quarante poitrines mugirent :

— Vive Alexandre Jean Couza, *le Prince de la Roumanie de demain !*

Groza, promenant un regard plein d'éclairs, prononça en scandant les mots :

— Vivent, également, les boïars valaques qui éliront Couza à leur tour ! Et ceux qui ne l'éliront pas, malheur à eux ! Malheur à leurs enfants ! Le feu et le sabre nous vengeront promptement !

Amis et ennemis, se croyant la proie d'un cauchemar, tournèrent dos, muets, coururent à leurs chevaux et à leurs voitures. La nuit humide les engloutit, eux et leurs pensées.

Qu'est-ce qu'ils allaient faire ? Eliraient-ils Couza ?

Nous ne devions le savoir qu'une semaine plus tard et, hélas, dans quelles conditions [1] !

1. Je trouve un écho des faits que je relate ici dans l'*Histoire des Roumains et de leur civilisation,* de M. N. Iorga (édition française. Bucarest, 1922). Le voici, à titre de document :

« ... tous ceux qui étaient incapables de reconnaître la force supérieure qui intervient parfois pour diriger les actions des hommes bien au-dessus de leurs propres intentions durent être fort étonnés lorsque, le lendemain de son inscription comme candidat, il fut élu prince à l'unanimité, le 17 janvier 1859. Ils auraient été encore plus surpris si on leur avait dit que ce nouveau prince moldave, inconnu à Bucarest, pourrait vaincre toutes les puissantes candidatures qui s'y disputaient la victoire. Cependant le 24 janvier (ancien style) il était proclamé avec la même unanimité dans cette autre Assemblée électorale.

« Sans hésiter plus longtemps, Couza accepta. »

X

Ravie, Floritchica allait par toute la pièce remplie de fumée de tabac, embrassait la lettre de Miron, et répétait :

— Il est élu... Enfin, il est élu... Jassy a fait son devoir... Bucarest suivra l'exemple des Moldaves, n'en doutons point... Mais...

Elle serra les poings et regarda dans le vide :

« ... par tous les saints du ciel ! Si les Valaques s'avèrent des brutes, alors... — tu l'as bien dit, Groza — malheur à eux ! Je vendrai tout, je me vendrai moi-même et nous trouverons les mille fusils nécessaires pour noyer, en une nuit, dans le sang, l'entêtement de ceux qui n'ont rien de sacré, à aucun moment de leur vie ! »

Nous n'étions là que nous sept : elle, Groza, Codreano, Elie, Spilca, Movila et moi. La troupe, après avoir relevé les sentinelles, était allée se coucher.

On ne parlait pas, et sûrement personne ne pensait non plus, car nous fûmes secoués par cette question soudaine d'Elie :

— Pourriez-vous me dire ce que nous faisons *maintenant ici ?*

Nous nous regardâmes, surpris, réveillés, Elie reprit et appuya :

« Oui : qu'est-ce que nous attendons *mainte-*

nant! Couza montera sur son trône; nos amis boïars s'assoiront à leurs places. Et nous, les haïdoucs ? Nous réserve-t-on des places de sous-préfets ? N'est-ce pas plutôt une semaine de Passion haïdouque qui nous attend ? Et en ce cas, que diriez-vous d'une légion d'Amis de Saint-Pierre, qui nous renierait plus de trois fois, la main sur le cœur, devant la « justice populaire » de douze *ciocoï ?*

« Pour ma part, j'aime mieux ne pas mettre à l'épreuve l'amitié de ces braves boïars : l'homme de loi à sa loi; le haïdouc au *codrou!* Je vais ramasser mes frusques.

— Je crois que nous devons en faire tous autant ! dit Groza.

Et s'adressant à Floritchica :

— A moins que Floritchica Codrilor ne se sache protégée par domnitza de Snagov ?

L'ironie de Groza toucha une plaie vive :

— Non, ami... Ne doute pas de mon absolue sincérité ; à Snagov comme dans le *codrou* je suis restée ce que tu me connais, une haïdouque. Et si, un jour, nous devons comparaître devant la « justice populaire » dont parle Elie, tu verras que Floarea Codrilor et domnitza de Snagov font une même ennemie de l'iniquité humaine, et que cette ennemie ne sera pas plus protégée que Trasnila, par les assises des *ciocoï.*

« Je me suis résignée à faire, pour servir le paysan, ce que mon temps me permet, mais mon âme court plus vite que mon temps. Si j'ai préféré la haïdoucie diplomatique à celle du *codrou*, c'est parce que j'ai vu que cette dernière n'apportait aux ilotes que les tortures et les viols des potéras.

« Quant à la sincérité de nos amis boïars, ne vous attendez pas à ce qu'ils soient plus vertueux que saint Pierre. Ils nous renieront même jusqu'au bout, car les hommes d'une époque trouvent insensées les âmes qui courent plus vite que leur temps. Mais ce n'est pas pour cela que j'irai porter le deuil ! Tant pis pour mon temps : la vérité est dans mon cœur !

Groza alla prendre les mains de son amie :

— Pardonne-moi, Floritchica : je n'ai pas voulu être méchant avec toi...

— Il ne faut pas, ami... Ce qui est sincère est plus sacré que ce qui est divin : les dieux changent tous les mille ans et d'une nation à l'autre ; la sincérité parle la même langue aux hommes de toute la terre et depuis le commencement du monde.

*

Il était peut-être trois heures du matin quand une sentinelle entra et nous dit :

— Savez-vous ce qui se passe dehors ? Eh bien, ouvrez la fenêtre.

Floritchica ouvrit vivement : un tourbillon de

fumée froide envahit la chambre. C'était du brouillard :

— Il est épais, dit le compagnon, à le couper au couteau ! Il ne nous est pas possible de voir à un mètre. Nous nous cognons aux arbres. Ce qu'il y a de pis, c'est que nous nous trahissons d'une lieue, car cela nous fait tousser comme des ânes.

— Eh bien, dit Groza, si vous toussez, l'ennemi toussera lui aussi et se trahira à son tour, à moins qu'il n'ait un soleil fourré dans sa chemise !

— Oui, mais, en toussant, il pourrait nous cracher de la mitraille en pleine figure ! grogna le haïdouc.

— Tu as raison. Appelle les hommes et prenez la faction derrière les fenêtres de la galerie. L'aube chassera peut-être le brouillard, et alors nous partirons.

Les sentinelles furent rentrées. Seul Trasnila voulut rôder autour de la maison. Les bras ballants comme des poteaux suspendus il vint nous dire :

— J'ai de mauvais signes... Depuis deux jours mes oreilles piaulent, mon œil gauche frappe, frappe à me faire mal. Je crois que notre heure va sonner bientôt... Mon cœur me le dit. Pendant votre absence, des promeneurs, toujours les mêmes, passaient et repassaient en scrutant les lieux comme s'ils voulaient acheter la maison. Elie les a vus lui aussi. Tout le monde a pu les voir. Qu'est-ce que vous voulez : *ils* nous connaissent maintenant ; *ils* savent qui nous sommes. Cette nuit, je le leur ai bien crié dans le nez : Groza ! Codreano ! Les haïdoucs !

— Ce n'est pas assez ?

*

C'était assez, nous le savions tous, et nous n'avions plus l'intention de nous payer de mots. Ce que nous ignorions, et Trasnila aussi, c'était la présence d'Arghiropol, à la tête d'une vraie armée, dans nos parages.

Il se trouvait à Caldarushani bien avant minuit ; et, profitant de ce bienheureux brouillard, il nous enveloppait de très loin, en avançant à petits pas, sans tousser ni éternuer. Ou, s'ils l'ont fait, nous ne les avons entendus que trop tard, alors que toutes les issues nous étaient coupées.

L'encerclement se trahit d'abord par un bruit sourd qui venait des sabots des chevaux sur le sol détrempé. Immédiatement nous sautâmes sur nos fusils : quarante hommes descendus de la montagne, plus nous vingt, de Snagov, plus vingt autres Tziganes dégourdis, cela faisait en tout quatre-vingts paires de bras qui avaient quelque chose à défendre, quelque chose comme la liberté, par exemple, rien que la sainte liberté ! Alécaki, Marinoula, Evghénie et une douzaine de domestiques tziganes se tenaient prêts à recharger nos fusils de réserve dans la seule chambre que nous laissâmes éclairée, une espèce de réduit.

— Toi, Joakime, dit Floritchica au chantre, tu nous chanteras des cantiques ! Tu seras le psalmiste de notre dernière nuit de Snagov. Chante, mon brave, cela vaut plus qu'un fusil ! Et gare-toi des balles !

Peu après, dans la vapeur opaque qui se collait aux vitres comme de l'ouate, nous entendîmes des éternuements de chevaux et des voix qui ne se donnaient même plus la peine de parler bas. Le cordon des miliciens pouvait se trouver à une distance de cent mètres, et il avait la forme d'un fer à cheval. La maison était assise en haut d'une pente rapide qui allait droit à l'étang ; seul ce côté était libre, mais par où sortir les chevaux sans être entendus ? La boucle nous serrait de si près que tenter de nous échapper, en traînant les chevaux par la bride comme des aveugles, nous eût sûrement livrés au carnage.

— Ils doivent être dans les quatre cents ! dit Groza, après avoir fait un tour dehors.

— Et ce ne sont pas des potéraches mercenaires, répondit Floritchica, mais des miliciens, des soldats roumains ! Comme c'est triste... Je voudrais tomber la première dans ce massacre.

— Il n'y aura pas de massacre et personne ne tombera, car c'est moi qui commande par le brouillard !

*

Cette réponse, au milieu des ténèbres, était de Joakime. La masse des haïdoucs éparpillée dans toutes les pièces et prête à ouvrir le feu contre les assaillants attendit, silencieuse, une explication du chantre invisible. La flamme d'un cierge vacilla. Joakime parut déguisé en pope : soutane râpée, étole sur la poitrine et *potcape* crasseux sur la tête.

Nous le crûmes fou. Il s'arrêta et nous considéra avec sa bonne face :

— Non : pas de massacre ! — Ecoutez donc : vos chevaux sont là, derrière cette porte... Ils attendent d'être reçus dans vos salons aux tapis chers, comme autrefois les gros boïars et les diplomates. Faites-les traverser ces beaux appartements, sortez-les par la porte qui ouvre sur la pente de l'étang ; montez dessus et en route à la nage, vers le salut, vers l'Eternel qui ne veut pas votre perte !

A ce moment, un vacarme assourdissant éclata dehors : au milieu des beuglements des vaches, des veaux, des moutons, tous les domestiques tziganes, une cinquantaine d'hommes, de femmes et d'enfants, hurlaient comme seuls les Tziganes savent hurler :

— Le feu ! le feu ! sauvez-vous ! La maison brûle !

— Tu as mis le feu, Joakime ? demanda Floritchica.

— J'ai mis le feu aux communs pour provoquer du tapage et de la confusion. Mais pour l'amour de Dieu, profitez-en ! Aux chevaux ! Filez ! Ils sont dans la cour !

— Et toi ?

— Je vais au...

On n'entendit plus la fin de sa phrase : des sifflements puissants nous percèrent les oreilles, puis, des salves épouvantables firent sauter les fenêtres en morceaux. Dans le bref silence qui nous sépara de la seconde décharge, la voix d'Arghiropol retentit :

— Ils ont mis le feu par stratagème ! Attention à l'étang ! Tirez dessus !

De nouveaux sifflements, et la maison subit une nouvelle décharge !

Quelques cris dans l'obscurité des chambres nous apprirent que nous avions des blessés. Furieux, Groza et Codreano voulurent commander le feu, mais Joakime les en empêcha et introduisit les chevaux, en courant comme un ours, le cierge à la main :

— Vous êtes perdus si vous répondez ! A l'étang ! Vivement ! Moi, je vais...

Floritchica saisit le chantre dans ses bras :

— Embrasse-moi fort, Joakime ! Et adieu !

*

Les haïdoucs se précipitèrent à l'eau, chacun avec son cheval, ses armes et sa chance. Les Tziganes et les autres domestiques furent envoyés vers la tribu qui se sauvait mieux que nous, mêlée au bétail et hurlant en commun.

L'ennemi n'osait pas pénétrer dans la maison et nous prendre d'assaut. Toutefois, pour parer à une attaque possible, les chefs décidèrent de partir les derniers.

Ah ! La douloureuse réflexion qui me poignarda le cœur en cette minute d'attente sous la fusillade crépitant de toutes parts. Je songeais à notre frère, ce milicien roumain, ce paysan, pour le bonheur duquel nous nous étions jetés dans la gueule du loup et qui nous crachait la mort, avec tant de soumission envers les Arghiropol, avec tant d'indifférence à l'égard des haïdoucs !

J'étais de la race de ces hommes qui brisent les cailloux avec les mains, qui couchent sur la neige comme sur de l'ouate, qui meulent des olives entre leurs mâchoires et qui veulent aimer toutes les belles Tziganes de la terre. Je ne demandais pas à mon prochain qu'il me nourrît et n'acceptais pas non plus d'être son âne : je crois que c'est cela la dignité. Quelle fraternité y avait-il donc entre cet animal qui nous fusillait et moi, pour lui sacrifier ma belle existence ? La haine m'agenouilla brusquement, prêt à tirer dans le tas ;

Floritchica, qui était à ma droite, m'en empêcha promptement :

— Non... Pas inutilement... *Lui,* il est obligé. Puis, il a peur ; il est de mille ans en retard sur toi. Pardonne-lui !

....

Seuls, une dizaine de compagnons avaient réussi à passer entre les premières salves concentrées sur l'étang. Et nous étions là, anxieux, tapis sur la pente boueuse que la maison abritait contre les balles, quand, soudain, des sifflements arrêtèrent le feu sur tous les points ; Arghiropol demanda :

— Qu'est-ce qu'il y a ?

— C'est un pope de Snagov qui dit que les haïdoucs ont fui depuis hier au soir !

— Amène-le ici !

L'incendie des maisonnettes domestiques n'avait ni dissipé le brouillard, ni tant soit peu aidé à l'éclairage des lieux, mais un foyer d'opale assez transparent s'y était formé quand même, et autour de lui, nous voyions des ombres méconnaissables se mouvoir à pied et à cheval, sûrement les commandants.

C'est là que le bon Joakime trouva la mort.

*

Pendant qu'on le conduisait à tâtons, il entonna ce psaume, et sa voix, désespérément puissante, couvrit le bruit du départ des haïdoucs à la nage :

Eternel ! écoute ma juste cause ; sois attentif à mon cri ; prête l'oreille à la requête que je t'adresse sans qu'il y ait de tromperie sur mes lèvres. — Que mon droit sorte en ta présence, que tes yeux regardent la justice de ma cause. — Tu as sondé mon cœur, tu l'as visité de nuit, tu m'as éprouvé, tu n'as rien trouvé ; ma pensée ne va point au-delà de ma parole. — Pour ce qui est des actions des hommes, je me suis gardé, selon la parole prononcée par ta bouche, des sentiers des violents...

— Ne hurle pas si fort, imbécile ! cria Arghiropol. On n'entend plus rien ! Que dis-tu ? Que veux-tu ?

— *Eternel ! délivre-moi par ta main de ces gens, des gens du monde, dont le partage est dans cette vie, et dont tu remplis le ventre de tes provisions, tellement que leurs enfants en sont rassasiés et ils laissent leur reste à leurs petits-enfants, — Mais, moi, je verrai ta face en justice, et je serai rassasié de ta ressemblance quand je serai réveillé.*

— Pope idiot ! Tais-toi, et dis-moi vite pourquoi tu es venu ?

— Je suis venu, dit Joakime — et ce furent ses dernières paroles —, je suis venu te faire savoir ce proverbe de Salomon, qui dit :

La terre tremble pour trois choses, même pour quatre, et elle ne les peut supporter :

Pour le serviteur quand il règne...

... C'est la première des quatre choses qui font trembler la terre et qu'elle ne supporte pas, la seule qui t'intéresse : *Pour le serviteur quand il règne !* entends-tu, Arghiropol ? Pour le serviteur *ciocoï* comme toi quand il règne... La terre tremble !

Une détonation. Floritchica pleurait. Des coups de sifflet, les salves reprirent, mais nous étions déjà loin, dans l'océan de brouillard et dans l'eau froide, au-dessus de laquelle émergeaient nos bustes et les encolures de nos chevaux, dont les têtes s'allongeaient comme des mufles de dragons.

Un peu plus tard, alors que nous suivions la berge en grelottant terriblement, une haute colonne de fumée traversée de flammes vermeilles montait droit vers le ciel au-dessus de la maison des haïdoucs ; preuve que Dieu, dans sa magnanimité, daignait recevoir la passion de nos sacrifices.

Après Snagov

AU GRÉ DU DESTIN

Le mois d'avril de cette même année-là, après une longue maladie qui faillit l'emporter, Floritchica pénétrait dans nos bois favoris de la Bâsca en chantant à tue-tête :

Hé, codrou, feuillage fin !
Laisse-moi te traverser,
Avec quatorze à mes côtés :
Je ne te ferai aucun dégât !

Griserie de cœur navré... Nous n'avions pas de quoi être si contents.

D'abord, la santé de la pauvre femme était pour toujours compromise ; ensuite, les désertions avaient réduit le nombre de nos haïdoucs au-dessous de ces « quatorze », même, dont parlait la chanson. C'était peu, pour trois capitaines qui comptaient chacun vingt fusils environ, le matin du désastre de Snagov, lequel cependant ne nous coûta pas un seul homme, hors le sacrifice volontaire de Joakime.

Mais le plus grand désastre de la haïdoucie c'est précisément de vouloir épargner la vie du haïdouc : si elle lui était si chère il ne lui aurait pas préféré le danger ; et celui qui a fini de briser son âme sur le mépris de la mort perd l'équilibre de la vie et ne peut plus lui faire de concession. C'est un désespéré. Toutes les croisades se font avec des désespérés, mais elles ne profitent ni à ceux qui se battent, ni à la cause pour laquelle ils sont partis en guerre, car le millénaire arbre de la vie, pas plus que les arbres ordinaires, ne donne de fruits lorsqu'on le flambe, soi-disant pour le débarrasser de chenilles.

Floritchica, fidèle à sa méthode mûrement étudiée, voulait employer l'échenilloir de la raison. Elle disait aux haïdoucs :

— Dans votre haine contre l'oppresseur vous seriez prêts à mettre le feu au monde et à vous brûler vous-mêmes. Erreur ! Il est inutile de vouloir se tuer, ou de passer sa vie à tuer les poux sur le corps de son voisin, du moment qu'il les laisse revenir dès que vous avez le dos tourné. Apprenez-lui à se laver de ses propres mains. Vous verrez que les poux périront d'eux-mêmes.

Elle avait eu le temps de leur parler ainsi

longuement lors de sa maladie, une maudite fluxion de poitrine contractée la nuit de notre fuite. Nous nous étions réfugiés dans une sous-préfecture amie, où nous passâmes le reste de l'hiver et où Floritchica fut soignée avec dévouement. Nos compagnons, la sachant souffrante, l'écoutèrent avec déférence, l'approuvèrent de la tête et se gardèrent bien de dévoiler leurs vraies intentions. Mais dès que les bourgeons parurent dans le *codrou,* quarante-cinq haïdoucs s'éclipsèrent un beau matin sans même nous dire adieu. Ils s'en furent brigander dans les départements du delta. J'ai beaucoup regretté un des fugitifs qui se nommait Bouzdougan, homme d'une violence inouïe, mais dont la bonté venait promptement calmer les fureurs. En plus il était doué d'une belle voix et savait, comme pas un, tirer d'une feuille d'acacia les plus incroyables mélodies. Les jeunes filles étaient folles de lui. D'ailleurs, beau garçon et méprisant l'argent.

Je devais le retrouver un jour, mais dans quelles tristes circonstances !

Nous passâmes l'été en flâneries sur la Bâsca et dans les montagnes de Penteleu. Floritchica s'essorait en aspirant avidement l'air pur des sapins, buvait du lait cru d'ânesse et suivait de près le cours des événements politiques. Elle n'était plus que l'ombre de ce capitaine qui, à la tête d'une vingtaine d'hommes, descendait ces mêmes montagnes, cinq années auparavant. Son beau corps avait fondu. Ses grands yeux noirs, doux et caressants autrefois, nourris maintenant de fièvre, lançaient d'étranges éclairs.

Pour la première fois, depuis que je la connaissais, je sentis naître dans mon cœur l'amour filial : je m'épris d'elle passionnément. Sachant que les nouvelles de Bucarest lui procuraient des instants de plaisir, j'organisai un service de courriers spéciaux qui arrivaient deux fois par jour avec des lettres, tantôt de Miron, tantôt du bon abbé Uhrich, parfois de Couza même. Leur lecture, les méditations qui les suivaient, les brèves réponses qu'elle y faisait la remplissaient de joie :

— Je n'ai plus beaucoup à vivre, disait-elle, mais au moins j'ai vu se réaliser le commencement de l'espoir pour lequel je lutte depuis vingt ans : les Principautés sont unies sous le règne d'un homme qui ne fera pas tout ce qu'il voudra, mais tout ce qui sera en son pouvoir. Miron est son conseiller, et ce n'est pas peu dire ; à eux deux, ils ont assez d'énergie pour basculer les hésitants et au besoin se passer d'eux. Quant au reste, ma foi, je n'ai jamais rêvé d'un paradis terrestre.

Après le coup d'Arghiropol, qui nous chassa de Snagov, Couza et Miron offrirent à Floritchica seule un asile sûr dans Bucarest même. Elle se refusa à y aller, ne voulant risquer de compromettre dans un scandale public le chef de l'Etat et son premier ministre, accusés déjà par tous les *ciocoï* d'avoir été au courant de notre haïdoucie et de s'être fait porter au pouvoir par les bandits. Le mot d'*usurpateur*, par lequel ces domestiques enrichis désignaient Couza vers la fin de son court règne, fut lancé dès son avènement au trône.

L' « usurpateur » n'en tint aucun compte, mais sachant ce qui l'attendait, travailla jour et nuit à l'élaboration des lois qui devaient inscrire son nom parmi ceux des plus honnêtes princes que les peuples aient adorés au cours des siècles. A jamais inoubliables resteront, dans le souvenir de nos paysans, ses fameuses apparitions en travesti dans les tavernes, les marchés et les foires des villages, où, sous les dehors d'un berger ou d'un marchand de bestiaux, il venait se convaincre en personne de la façon dont on appliquait ses lois ; et lorsque, en buvant avec les habitants, il demandait qu'on lui servît une *oka*[1] de Couza, malheur aux fraudeurs *surpris avec la petite oka !* Outre l'amende et la prison, Couza, déboutonnant brusquement sa *ghéba* râpée et exhibant sa tunique princière, commençait par livrer le coupable à la risée du village, l'obligeant de marcher à quatre pattes — les faux poids

1. *Oka :* litre et kilo, en même temps.

autour du cou — depuis sa boutique jusqu'à la mairie, où il était écroué.

Juste Dieu ! Quel est l'homme sensé qui demanderait à n'en faire qu'à sa tête, si les peuples étaient gouvernés par de tels caractères, fussent-ils princes, voire empereurs ou despotes ?

*

Vers le début de ce septembre-là, Couza vint secrètement, accompagné de Miron, nous rendre visite dans notre retraite.

Nous nous trouvions lors à Lopatari, le froid hâtif ayant obligé Floritchica à quitter le haut Penteleu et à chercher un abri provisoire dans l'accueillante demeure de père Manole, le cabaretier ami qui menait avec son fils une existence d'ours jovial, à l'orée d'un bois effrayant. Il lui fut possible de nous loger tous, car maintenant nous ne comptions plus que cinq têtes : Floritchica, Groza, Elie, Movila et moi. Codreano et Spilca, entourés de cinq autres haïdoucs, voulurent à tout prix aller assouvir une vengeance qui leur tenait à cœur. Ils partirent en juin, se rencontrèrent avec une potéra à Dragosloveni et furent massacrés jusqu'au dernier. Trasnila n'y était pas. Le colosse, après d'exténuantes recherches et de nombreux pièges tendus dans les montagnes, réussit à s'emparer d'un bel ourson, qu'il dompta avec beaucoup d'adresse et sans abrutir l'animal puis, tous deux, presque aussi gais l'un que l'autre, partirent « dans le monde » gagner leur pain, l'homme faisant danser la bête et la vie faisant danser l'homme.

Le départ de Trasnila avait affecté Floritchica plus que tous les autres. Elle aimait la force et la bonne humeur du Tzigane :

— Chaque fois qu'il me parlait, je me sentais aussi pleine de vie que lui, nous disait-elle le jour de l'arrivée du Prince, en regardant de sa chambre le feuillage automnal des hêtres.

Son visage terreux émut nos deux amis. Ils ne l'avaient plus revue depuis le jour où, à Galatz, en nous séparant, elle avait conseillé à Couza de faire attention aux défenses des sangliers. Pour chasser leur impression pénible, elle revint à cette plaisanterie :

— C'est à des sangliers autrement dangereux que tu as affaire maintenant ! Pauvre ami ! Te voilà aux prises avec les *ciocoï,* les ennemis que tu as le plus méprisés. Je te plains, mais c'est ta tâche. Elle commence seulement. La mienne est finie, par bonheur.

Couza et Miron, habillés en simples bourgeois, restaient assis sur des tabourets et semblaient réfléchir davantage à son triste état qu'à ce qu'elle disait. Le Prince la gronda :

— Je suis fâché de ne pas t'avoir visitée dès le début de ta maladie. Je t'aurais envoyée de force dans une maison de santé, en Suisse. Miron ne m'a pas dit que tu étais si gravement souffrante.

— Je ne le savais pas non plus, se défendit l'autre. Dans ses lettres, elle ne me parle que d'un refroidissement. J'incline à croire qu'elle nous aime moins depuis le 24 janvier.

— Au contraire, j'ai voulu vous laisser à vos travaux, vous éviter des médisances fort possibles, un gros ennui politique, peut-être. Vous êtes des hommes d'Etat. Moi, je suis une hors-la-loi.

— Je n'ai pas à te défendre devant la loi qui est dans le code pénal ; mais devant celle de ma conscience, je suis libre d'agir à ma guise ! répliqua Couza.

— De toute façon, dit Floritchica, je n'aurais pas accepté de quitter le pays dans un temps où ma soif de nouvelles était si grande. Et puis, j'ai toujours cru que je finirais dans le codrou. Il n'y a que deux genres de tombes qui soient dignes d'enfermer les cœurs généreux : les océans et les fourrés.

Le père Manole, tout pimpant dans son costume national et en bras de chemise blanche comme la neige, entra avec une *oka* de vin, du lard fumé et du pain, les posa sur une table, versa dans les verres, voulut dire quelque chose, s'embrouilla.

— Qu'est-ce qu'il y a, Manole ? demanda Couza.

— Il y a, Sire, que voilà, les guides qui vous ont amenés ici n'ont su se taire qu'à moitié.

— Pas de mal.

— Nous vous remercions pour l'indulgence, mais vous aurez quand même un ennui...

— Lequel ?

— Le père Ion est là. Vous savez ? Le père Ion : notre dernier *razèche,* le vieillard de Lopatari. Il est là, avec un fils, un petit-fils et un arrière-petit-fils...

— Dis-leur d'entrer.

Quatre « haïdoucs » entrèrent, grands comme des chênes, le cœur sur les lèvres, les consciences dans le regard. Otant leurs bonnets, assis sur des chevelures qui allaient du brun clair au blanc d'argent, ils crièrent d'une seule voix :

— Que tu vives, Sire !

— Nous vous remercions pour le souhait. Que vous viviez vous aussi !

Et Couza alla leur serrer les mains, puis, restant debout :

— Parle, père Ion ! dit-il.

Le vieillard souleva les sourcils ; sa parole fut aussi claire que sa vue :

— Sire ! Je suis un descendant d'hommes justes... Mon père se gardait de faire tort à un chien même... C'est là tout l'héritage dont je suis fier. Et me voilà, à quatre-vingt-douze ans, giflé par un boïar, un vrai boïar, mais devenu *ciocoï* depuis que la servilité s'est mise en honneur.

L'homme qui a frappé ma joue est notre propriétaire, il siège dans le Conseil du pays. Il y a un mois, je suis allé me plaindre à lui d'un vol que son fermier a commis à mon préjudice, et il m'a giflé. Sire, je te demande de me faire justice !

Couza avança d'un pas, prit la tête du *razèche* entre ses mains et lui baisa les deux joues :

— Là où le *ciocoï* a frappé, le Prince du pays embrasse et lave l'outrage. C'est, père Ion, toute la justice que je puis te faire contre ces sauterelles qui seront bientôt plus fortes que moi et que la justice !

— Que tu sois en bonne santé, Sire !

— Allez en bonne santé, mes amis !

Vers la chute du jour, Couza et Miron se levèrent pour partir. Le fils du cabaretier s'approcha timidement du Prince :

— Sire, puisque je ne me rencontrerai pas deux fois dans ma vie avec un homme comme Votre Altesse, je voudrais être éclairé sur un fait qui me tourmente...

— De quoi s'agit-il ?

— Voici : d'après ce que j'ai entendu raconter à nos vieux et ce que j'ai vécu moi-même, pendant cette guerre de Crimée, j'ai compris que les Grandes Puissances se sont toujours battues entre elles pour la possession des petits peuples comme le nôtre, qu'elles écrasent à tour de rôle ; mais les nations écrasées ne meurent quand même pas, à preuve nous, les Roumains ; et les Grandes Puissances, telles la Russie et la Turquie dans la dernière guerre, sont contentes, à la fin, de se retrouver là où elles étaient avant de se battre. Pourquoi se battent-elles alors ?

Couza songea un instant, puis :

— Mon garçon, tu me mets dans l'embarras, mais je m'en tirerai en te répondant que les Grandes Puissances font comme ces deux hommes qui ont mangé le crapaud. Connais-tu l'histoire ?

— Non, Sire, je ne la connais pas...

— Ecoute donc !

*

Deux paysans quittaient un matin leur village pour aller au marché d'une grande ville. L'un menait une vache, qu'il voulait vendre. L'autre n'avait que ses bras, dont il ne savait pas trop quoi faire. Comme ils longeaient une mare, l'homme à la vache, qui était un insensé, dit à son compagnon de route, en lui montrant un crapaud écœurant :

— Tiens ! Si tu manges ce crapaud-là, je te donne ma vache ; elle sera à toi !

Les insensés aiment à provoquer, et ils tombent toujours sur de plus insensés qu'eux, qui attrapent le défi au vol. Le compagnon — un paresseux qui vivait de ce qu'apportait le vent —

pensa : « Ça doit être affreux de manger un crapaud vivant, alors qu'on ne les mange même pas cuits ; mais, une vache, cela en vaut bien la peine ! Et empoignant le crapaud, il dit au premier fou :

— Tu me donnes tout de suite la vache ?

— Dès que tu auras mangé le crapaud !

L'autre mordit, mâcha vite et avala promptement, mais il eut le cœur levé : « Nom de dieu, ce sera dur ! » — A la seconde bouchée il faillit vomir ses entrailles, et, suant de dégoût, s'assit sur l'herbe.

Le voyant arriver à près de la moitié du crapaud, le propriétaire de la vache se dit : « Ça y est ! Il va le manger et j'aurai perdu ma vache ! » Et il sua à son tour. Cependant le mangeur, après un troisième morceau avalé, était à bout de forces et se faisait la réflexion suivante : « Non, je ne pourrai pas le finir, mais si je jette le reste, il se moquera de moi et j'en serai pour la peine. »

— Tu sais, mon vieux ? fit-il ; si tu veux manger l'autre moitié du crapaud, eh bien, je te laisse ta vache !

Le piteux provocateur n'attendait que ce mot :

— Comme tu veux, mon ami ; si cela fait ton affaire, j'accepte.

Et il dut avaler le reste, avec le même écœurement, puis, les deux insensés continuèrent leur voyage en vomissant tout le long du chemin, l'un conduisant sa vache, l'autre ne sachant quoi faire de ses bras, tels qu'ils étaient avant de se partager le crapaud.

*

Après le départ de nos deux amis, Floarea Codrilor pouvait dire adieu à « domnitza de Snagov », avant de le dire à sa propre vie. On ne le savait pas, mais on voyait bien que c'était écrit : elle se refusa jusqu'au bout à accepter des soins plus conformes à sa maladie et une retraite sûre, ailleurs que dans les fourrés roumains.

Elle voulut même passer l'hiver chez le père Manole, qui fit tout pour que sa malade ne manquât de rien, et nous commencions à nous installer, quand, par un jour froid et pluvieux d'octobre, nous fûmes avertis qu'Arghiropol montait avec une potéra pour nous arrêter.

— Eh bien, dit Floritchica, nous allons partir... La terre roumaine est vaste.

Oui, la terre roumaine était vaste, mais pour nous elle commençait à se rétrécir. Le Vallon obscur et sa Grotte aux ours, qui nous voyaient arriver, six années plus tôt, par une même journée d'octobre, nous offraient de nouveau leur asile, asile dur, inconcevable pour une malade.

Trois mulets furent chargés de ce qui était nécessaire à l'aménagement des deux cabanes que nous devions construire, une pour celle qui se mourait et une pour nous, les quatre hommes.

Nous avions tous le cœur serré. Les chevaux aussi étaient tristes. Floritchica, à cheval, semblait le spectre de la résignation.

Au moment du départ, lui prenant les deux mains et les portant à ses lèvres, le bon cabaretier fondit en larmes :

— Vous avez voulu le bien de ce monde, et il vous chasse de partout !

— C'est justice, père Manole : j'ai chassé, moi aussi, et quelques-uns hors de la vie même !

Et elle prit la tête de cette victorieuse et lamentable cavalcade, en murmurant, le regard braqué vers les cimes brumeuses des montagnes :

— C'est peut-être encore là-haut le seul endroit où l'homme pourrait rester bon...

....

A ces paroles — les dernières qui sortirent de sa bouche — suivirent deux heures de montée ininterrompue, silencieuse et morne, durant laquelle nous nous croyions à mille lieues l'un de l'autre, puis, au moment où le convoi traversait la Bâsca, nous vîmes Floritchica osciller sur sa monture et s'écrouler dans l'eau boueuse, sans lâcher un cri.

Nous sautâmes dans le lit rocailleux du torrent, je la soulevai et la portai sur la berge, en la serrant passionnément sur ma poitrine, mais je ne serrais plus qu'un cœur qui avait cessé de battre. Un peu d'écume rose sortait des coins de ses lèvres bleues.

J'enterrai ma mère à la racine d'un grand sapin, sur le tronc duquel j'entaillai une croix, le signe de la souffrance des hommes et de la pitié pour le sort qu'ils se forgent de leurs propres mains.

On dit chez nous qu'en vieillissant le matou se fait moine. Le haïdouc, lui, n'a pas trop l'habitude de faire de vieux os, mais lorsque l'étoile de sa haïdoucie se couche pour toujours — ce qui arrive souvent — il se fait berger.

C'est ce qu'il nous était arrivé à nous aussi, et nous nous sommes faits bergers tous les quatre, Groza, Elie, Movila et moi. Nous avons monté, sur le versant transylvain des Carpates, une petite bergerie à nous, avec peu de brebis, encore moins de soucis, mais avec beaucoup, beaucoup de souvenirs navrants !

Groza savourait leur douce amertume en traînant, l'été au soleil, l'hiver au coin du feu, ses membres qui s'engourdissaient. Elie et Movila, plus maîtres de leurs cœurs, couraient les pâturages avec les troupeaux en jouant de la flûte, et se chargeaient à eux seuls de toute la besogne de la bergerie, alors que moi — ah, misère de l'âme humaine ! — je montais sur la cime du Penteleu et criais à celle qui reposait à la racine du sapin marqué d'une croix :

— Hé, Floritchica ! Ma mère jolie ! Ce n'est pas vrai qu'ils sont meilleurs, les hommes qui vivent dans le désert joyeux des montagnes ! Et le seraient-ils, que je ne voudrais pas de leur bonté, ô ma vaillante domnitza de Snagov ! Ils se passent du monde, parce qu'ils n'ont rien à donner au monde. Ils supportent la solitude, parce que la solitude ne les trouble point. Ils sont silencieux, parce qu'ils n'ont rien à dire. Pour eux, la forêt c'est du bois de chauffage ; l'impétueux torrent, de l'eau pour la lessive de leurs chemises ; le rocher qui surplombe l'abîme, immense et inutile caillou. Je veux te dire encore, amie généreuse, que leur première pensée, à la vue d'un homme qui grimpe en été vers leur nid, c'est de le prendre pour un malfaiteur.

Il nous arriva à nous aussi, un après-midi de juillet, d'accueillir un homme qui avait grimpé jusqu'à notre bergerie. Il saignait abondamment d'un gros trou qu'une poignée de plombs lui avait fait dans le dos, et nous comprîmes que c'était un malfaiteur fusillé par un bienfaiteur. Deux compagnons, aussi peu honnêtes que lui, l'aidaient à traîner les jambes, une de leurs mains appuyant sur la blessure qu'ils avaient bouchée avec des chiffons brûlés.

— Chrétiens ! gémit-il, qui que vous soyez ! Je

me livre à vous, mais donnez-moi à boire : je souffre de la soif plus que de ma plaie. Je monte depuis trois heures sans avoir rencontré une goutte d'eau !

Celui qui nous suppliait ainsi était Mândreano, fameux cambrioleur d'églises, que nous connaissions de nom. La brèche ouverte par le coup de feu au-dessus de son rein droit était telle que l'on se demandait comment il avait pu vivre et marcher pendant une demi-journée. Il but, entra en agonie et rendit son âme au cours de la nuit. Son corps trapu et lourd comme du plomb alla pourrir derrière notre bergerie.

L'histoire de cet homme était plutôt amusante que tragique. Il n'avait jamais tué, ni blessé, ni même porté une arme à feu, et sans la menace du service militaire de sept ans, qu'il redoutait, il ne se serait jamais brouillé avec les autorités de son village. Mais voilà, sa jeunesse fut empoisonnée par le maudit *arcan*[1]. Et tout en se sauvant dans les montagnes, avec les gars de sa commune, aux époques annuelles de l'*arcan*, il finit un jour par ne plus redescendre que pour vivre de vol. Ses victimes étaient uniquement les saints : il les dépouillait de leurs vêtements d'or et d'argent. Il était serrurier de son état. Les portes des maisons du Seigneur ne pouvaient pas lui résister. Quant

1. Recrutement violent, chasse à l'homme au moyen d'une corde.

aux martyrs de la foi chrétienne, on sait qu'ils se sont toujours laissé faire.

Mândreano n'a jamais eu de compagnons, ni senti le besoin d'en avoir. Il se débrouillait tout seul, mais un jour la destinée lui en offrit deux, et quels compagnons ! Ils étaient ceux-là mêmes qui venaient de nous l'amener à moitié mort et qui nous racontèrent les péripéties de leur voyage forcé en haïdoucie.

— Voilà une année, nous étions soldats, et nous faisions partie de la garde d'une prison, quand on nous amena Mândreano. Il fut jugé et condamné à dix ans de bagne. On nous choisit, nous deux, pour le transporter pendant toute la journée, et nous partîmes contents, car, d'abord, on est toujours contents d'aller se balader à travers champs, et puis Mândreano était un blagueur qui avait égayé tous les gardiens pendant ses deux mois de prévention. Il nous amusa bien mieux en route avec ses histoires d'églises, de popes, et de saints joyaux chipés :

« — Bien sûr ! disait-il, les saints dépouillés ne m'en voudront point, ils ont vécu en guenilles et ont maudit les riches qui se chamarraient d'ornements. Alors ? Où est mon crime ?

« Et il nous pria de lâcher un peu sa lourde ferraille des mains et des pieds. Nous pensâmes : " Le pauvre ! ça doit lui faire mal. Allons, lâchons-lui un bras et un pied ! Nous sommes deux, fusil en main, comment nous échapperait-il ? " Et nous le libérâmes à moitié. — Il fut sage. En route, tous les cabaretiers le connaissaient. Nous mangeâmes et bûmes... et lui enlevâmes les chaînes, qu'il roula autour de son cou. Puis, les têtes échauffées, nous fîmes une halte dans un champ de maïs et allumâmes des cigarettes, en jetant les fusils sur l'herbe. Maintenant nous étions trois bons copains, mais il était toujours Mândreano, et vite s'empara de nos armes et commença à s'éloigner à reculons.

« — Tu plaisantes, Mândreano ! lui criâmes-nous.

« — Pas du tout, mes amis ! Je m'en vais !

« — Malheur à nous ! Frère ! tu ne voudras pas nous faire pourrir en prison !

« — Certes, non, cela ne me ferait pas plaisir !

« — Alors !

« — Alors... venez avec moi ! Des églises il y en a ! Je vous apprendrai le métier !

« Enfin, quoi, nous étions bus, et nous sommes partis avec lui, voilà juste une année ce mois-ci. Il ne nous a jamais poussés au vol, mais nous faisions quand même le guet, et l'argent fut toujours partagé en trois parties égales. C'était un homme juste et un bon camarade. Maintenant qu'il est mort nous ne savons pas trop quoi faire. »

C'est un paysan qui, surprenant Mândreano en train de dévaliser une église, lui avait tiré presque à bout portant dans le dos avec son fusil de chasse et donné l'alarme, mais les fuyards avaient réussi à dérouter les poursuivants.

Nous offrîmes aux « deux veufs » — ainsi que les baptisa Groza — le moyen de vivre en bricolant autour de notre ferme.

Et d'ailleurs, ils étaient tombés fort à propos, car, si Movila se révéla bon berger, Elie n'en fit qu'un médiocre, et Groza et moi de très mauvais. On n'aime pas impunément toute la terre et toute la vie. On ne se sent pas la poitrine bouillonnante de passions, amours et haines, ni les yeux toujours assoiffés d'images nouvelles, pour les faire échouer à jamais sur le même coin du monde, si beau soit-il !

Au bout de cinq années de patience et de nostalgies déchirantes, les moutons qu'on tondait et les horizons qu'on avait assez vus nous donnèrent des nausées, et nous décidâmes de quitter Movila par une journée radieuse de ce mois de mai 1864. Alors, Elie, qui n'était pas pour rien un sage, fit cette réflexion sage :

— Nous savons ce que nous abandonnons mais nous ignorons ce qui nous attend. Cela Dieu le sait.

Dieu...

Nos ennemis le savaient aussi, qui nous cherchaient partout. Le savaient peut-être encore mieux les cœurs simples de deux femmes que le destin fit surgir sur notre chemin le jour où, après avoir vendu notre troupeau de moutons au marché de Slobozia, nous allâmes tous les trois demander hospitalité à leur auberge sise dans les environs de cette commune.

Il n'y eut point de piège. Pas même de méchanceté. Mais y aurait-il eu cent pièges et mille malices, que nous y serions tombés du pied, des mains et de la tête comme des aveugles et des sourds-muets, tellement nos cœurs se gonflèrent de joie, quand, abordant les vallées et les plaines valaques, après cinq ans d'absence, nous apprîmes que Couza avait dépassé les espérances que le peuple roumain avait mises en lui lors de son élection. Il avait créé la grande propriété paysanne, sécularisé les biens ecclésiastiques, purifié l'administration de tous ses éléments corrompus et doté le pays d'une Constitution copiée sur celle de la Belgique.

Oh, bonheur de découvrir un homme bon et incorruptible, où qu'il se trouve ! Dix siècles de méchanceté ne peuvent détruire toute la foi qu'un seul lustre de justice sait implanter dans le cœur d'un peuple. Où sont-ils, les gouvernants justes ? Voici cent nations prêtes à leur obéir !

Nous nous soûlâmes comme des ivrognes et trouvâmes que Lina l'aubergiste et sa fille Maritza étaient des créatures qui savaient aller au-devant des désirs longuement étouffés. Cinq années de claustration, à douze cents mètres d'altitude ! Quoique dans la quarantaine Lina avait des seins et des hanches aussi fermes que ceux de sa fille, des joues qu'on eût pu balafrer avec un cheveu et elle n'aimait point qu'on l'appelât « mère », mais *tzatza*[1]. Groza s'éprit aussitôt de son jupon blanc, amidonné et toujours propre, que la jupe suspendue bien haut laissait voir plus qu'à moitié. A mon tour, je tombai éperdument amoureux des yeux brûlants de Maritza, laquelle n'était pas au noviciat des choses humaines. Elie, lui, se contenta de nous dire :

— Faites attention : ces femmes sont bêtes, et la bêtise, bien mieux que l'intelligence, donne du fil à retordre.

Elles étaient bêtes ? Ma foi, tant pis pour l'intelligence qui tiendrait la dragée haute à deux haïdoucs pressés. Nous lui préférions cette pauvreté d'esprit qui nous consolait avec tant d'à-propos. En plus, *tzatza* Lina était une ardente *couziste,* exaltait l'œuvre du grand Prince et donnait à boire à qui entrait dans son auberge en criant : vive Couza ! Ce fut d'ailleurs ce qui nous la rendit sympathique et nous fit pénétrer rapidement dans le cœur des deux femmes, car, la tête tournée par la même passion autant que par le bon vin, je confiai un soir à Maritza qui nous

1. Terme populaire de politesse envers une aînée.

étions et ce que nous avait coûté l'élection de notre idole.

Vanité, c'est toi la cause de tout le mal qui survient à l'homme ! Et c'est Elie qui eut encore une fois raison.

Pas tout de suite, mais la bêtise ne rate jamais l'occasion que pour mieux prouver, dans une autre, combien son étendue est infinie. Aussi eûmes-nous au moins le loisir de goûter pendant deux mois au bonheur qu'il est si difficile de rencontrer dans le désert des montagnes, et de nous étourdir en chantant les soirs de clair de lune :

Allons, Lina, passons l'Oltou !
Changeons de parler et de mise,
Vivons en non-mariés,
Et disons que nous sommes frères !

Un dimanche de fin juin, le cabaret de *tzatza* Lina était bondé du monde le plus divers : paysans, vachers, bergers, popes, officiers et même un sous-préfet. Beaucoup d'amis de Couza, beaucoup d'ennemis. L'aubergiste, grisée plus que d'habitude, amusa ses clients en racontant cette anecdote sur le Prince :

Couza alla un jour inspecter une petite prison de province. Le directeur fit aligner dans la cour ses hôtes, une douzaine de vauriens, la plupart des mercantis condamnés pour fraude, et le Prince commença à interroger :

— Qu'est-ce que tu as fait ?

— Rien, Sire !

— Tiens ! Et toi ?

— Rien, je vous le jure !

— Tiens, tiens !

Il continua :

— Dis-moi ta faute !

— Aucune !

— Et la tienne ?

— Je suis innocent aussi !

Ce fut la même réponse d'un bout à l'autre ; quand Couza arriva au dernier prisonnier :

— Et toi ? qu'as-tu fait ?

— Volé, Sire !

— Tu as volé ?

— Oui, deux poules !

— Et qu'est-ce que tu fais ici, parmi tous ces honnêtes gens ? Décampe, chenapan !

Et il ordonna au directeur :

— Mettez-moi cet homme à la porte, immédiatement !

....

Amis et ennemis de Couza rirent tous ensemble de cette boutade attribuée à l'homme pour le moment le plus aimé et le plus détesté de toute la Roumanie.

Oui, ils rirent, et la tenancière rayonna de

bonheur, mais sa bêtise aussi n'attendait que ce comble de béatitude pour s'épanouir comme un chou sous le nez du sous-préfet, car, en se glissant derrière le banc où nous étions assis tous les trois, *tzatza* Lina nous montra à ses clients et dit fièrement, en tapant sur nos épaules :

— Ah ! je vous crois, que Couza est un homme, mais si nous l'avons aujourd'hui à la tête du pays... c'est à des « haïdoucs » comme ceux-ci qu'on le doit !

— Ça y est ! murmura Groza. Elle l'a lâché !

Elie se mit à siffloter, en se grattant au-dessous du bonnet.

Le sous-préfet, lui, ne sifflota point, mais cria soudain :

— Sus à eux, enfants !

Les « enfants » étaient, comme par hasard, justement une bonne moitié des consommateurs. Rien ne les distinguait des vrais habitués de l'auberge, des paysans, vachers, bergers, popes et officiers, mais ils n'en étaient pas moins d'authentiques *potéraches*, amenés là à la suite d'une adroite filature pour nous prouver, à *tzatza* Lina et à nous-mêmes, que Couza n'était pas tout dans le pays.

Sans armes, ni chevaux, nous ne pûmes faire autre chose, devant les douze pistolets braqués contre nos poitrines, que de nous laisser garrotter — au grand désespoir des aubergistes qui hurlaient et se débattaient pour venir à notre secours.

Elles étaient sincères. Il n'y eut point de piège. Pas même de la malice. Mais la bêtise des cœurs simples donne bien plus de fil à retordre que la ruse des malins.

Pour le reste, la vanité et la joie béate s'en chargent.

Nous fûmes conduits à la gendarmerie de Slobozia, où nous passâmes la nuit.

Le lendemain, au petit jour, Lina était dans la cour de la prison et criait comme une folle :

— Je vendrai jusqu'à ma chemise mais je les tirerai de là ! Ah, *ciocoï* maudits ! Je vous montrerai, moi !

Les gendarmes nous mettaient les fers aux mains et aux pieds pour nous transporter au chef-lieu du département. Ils dévisageaient l'aubergiste et rigolaient :

— Sacrés haïdoucs ! Toutes les tenancières les aiment...

— C'est qu'ils sont de bons tireurs !

Le convoi s'ébranla vers le lever du soleil, et aussitôt la chaleur devint suffocante. C'était la sécheresse. Pas une goutte d'eau depuis près de deux mois. Les plantations, grillées, ne laissaient plus d'espoir. Seul le maïs pouvait encore se redresser et dédommager en partie le paysan, si quelque bonne averse arrivait à temps. C'est pourquoi on ne voyait que processions avec drapeaux, icônes, encens et reliques.

Nous rencontrâmes en chemin une de ces mascarades. Elle était triomphale car, en effet, vers midi, une pluie torrentielle s'était abattue sur la sottise humaine et sur nos pauvres corps brûlés par la boue, poussière et sueur mêlées. La procession nous croisa alors que, escortés par six carabiniers à cheval, nous traînions lamentablement ferraille lourde, pieds saignants et destinée ingrate. Les popes, en tête, hurlaient leurs prières de remerciement. Ils passèrent en nous foudroyant du regard. La foule qui les suivait, la lie de la sainte et belle vie terrestre, fit mieux que les popes, elle nous croisa en murmurant :

« Des bandits ! Des assassins ! »

Groza ragea :

— Mais non ! Sacré nom de Dieu ! Nous ne sommes pas « des bandits », ni « des assassins ! » Nous sommes des *haïdoucs !* Animaux ! Racaille ! Heureusement que je n'ai jamais compté sur votre appui, autrement, il y aurait de quoi s'écrabouiller la cervelle !

Les conspués baissèrent la tête. Le cortège passa en mâchonnant ses litanies.

Plus d'une année et demie s'était écoulée depuis le jour de notre arrestation, et nous languissions toujours dans les fers, isolés chacun dans notre cachot humide, sans avoir été jugés, sans rien savoir du sort qui nous attendait : l'instruction allait son petit train, en amassant sur notre dos tous les crimes et les pillages dont les auteurs, depuis une vingtaine d'années, étaient restés inconnus.

Groza, devenu une masse informe, ne pouvait plus ouvrir les yeux. Le second hiver abrégea ses souffrances, et il s'en alla raconter à domnitza de Snagov que nos luttes n'avaient pas été vaines, et qu'au moins Couza s'était avéré digne de la confiance des haïdoucs.

On le tira de ses fers par une morne matinée de mi-décembre, et on nous permit, à Elie et à moi, de le regarder une dernière fois dans la cour du pénitencier, où on l'avait allongé face au ciel. Des paysans, venus pour vendre leurs produits aux détenus, entouraient le corps inanimé de l'indomptable haïdouc et priaient, quand l'un d'eux, un vieillard au regard doux, ôta son bonnet et dit avec fermeté :

— Frères, chrétiens ! Voyez-vous cet homme ? Sans l'assistance qu'il me prêta autrefois, depuis longtemps je serais mort. Voilà dix ans, le meilleur et le plus vaillant de mes trois fils me fut arraché à l'*arcan*. Pendant les sept années de son service militaire, je ne devais compter sur l'aide de personne, car ses frères étaient des ingrats. Aussi, vieux et malade, je dépérissais, seul, dans ma chaumière, quand un jour je rencontrai cet homme — que Dieu lui pardonne ses péchés ! — et il me demanda de lui raconter mes peines. Je lui avouai ma détresse. Il venait précisément pour me porter secours. Il avait entendu dire par les habitants qu'un pauvre vieux vivait abandonné tout en haut du village, dans les bois, et, ce jour-là, il me mit dans la main de quoi vivre pendant une année. Il revint deux fois par an, tout le temps que mon fils fut retenu loin de moi par le maudit service ; il me laissa chaque fois de l'argent, plus que je n'en avais besoin, si bien que j'en envoyais même au pauvre soldat — et, un été, ce bienfaiteur vint accompagné d'une trentaine de gars, ils démolirent ma cabane délabrée et m'en construisirent une neuve dans la journée. — Maintenant, je le retrouve ici. Que les portes du ciel lui soient ouvertes !

Le vieillard courut à la cantine et revint avec un petit cierge, qu'il alluma au chevet du mort, puis s'agenouilla et lui baisa la main droite posée sur la poitrine.

Le jour même de l'enterrement de Groza, alors que mon cœur gémissait de sa triste fin, il me fut donné d'éprouver une drôle de joie. Drôle parce que, si nous nous réjouissons toujours d'être retrouvés par un bon ami, on ne peut tout de même pas être heureux de le voir arriver par la porte d'une prison. J'eus cependant du plaisir à revoir le brave Bouzdougan, le compagnon des jours heureux d'autrefois, le gai joueur qui savait émerveiller les jeunes filles avec une feuille d'acacia et qui nous avait lâchés après le désastre de Snagov pour aller brigander Dieu sait où. C'est lui qui nous fut amené, aussi gaillard que jadis, quoique dans les fers.

— Ah, vous êtes là ? s'écria-t-il devant ses gardiens, en se jetant exténué sur le pavé de la cour.

Puis, profitant d'une inattention de leur part, il nous chuchota :

— Vous serez bientôt libres ! Lina me l'a dit, voilà un mois...

On nous fit regagner nos cellules — mais quels horribles jours, quelles nuits sans sommeil j'eus à vivre en pensant continuellement à cet espoir : *nous serons bientôt libres !* — Qu'est-ce qu'il y avait de sérieux dans cette affirmation de l'aubergiste ? Que pouvait-elle en savoir, la malheureuse ?

Serions-nous acquittés ? Folie d'y songer même ! Pense-t-elle à faire attaquer la prison par une armée de haïdoucs imaginaires, et nous délivrer comme dans les contes ?

Je m'épuisais en conjectures ; surtout la nuit, les yeux ouverts dans le noir, pendant que les sentinelles criaient à tour de rôle :

« Nu-mé-ro 1 ! Tout va bi-en ! »

Deux semaines d'angoisse suivirent la mort de Groza, puis, le 1er janvier 1866, la porte de mon cachot s'ouvrit : Elie entra, et, avec lui, un monsieur, qui était le nouveau directeur du pénitencier, arrivé la veille, et dans lequel je reconnus un jeune boïar « couziste », ancien ami de Snagov.

Il nous serra les mains, et dit, tout bas :

— Vous vous enfuirez d'ici dès que j'aurai choisi une garde à mon goût. Ce sera dans quelques jours. Nous arrangerons alors une petite évasion qui sauve les apparences. Puis je démissionnerai. C'est Couza qui m'envoie, pour vous arracher au bagne à perpétuité que les *ciocoï* vous préparent, car sachez que le trône de notre ami chancelle fort. Il n'en a plus pour longtemps ! C'est une question de semaines.

Je lui dis :

— Il y a encore un ami que vous devez laisser partir avec nous : c'est Bouzdougan.

— Bouzdougan n'est pas un haïdouc !

— Si ! Il a lutté avec nous, sous les ordres de Floritchica. Depuis, il s'est livré au brigandage, mais par désespoir.

— Bien, vous partirez tous les trois. Et vous aurez cinq jours pour vous rendre introuvables, après quoi je vous déclare évadés, et gare à vous ! Même Dieu ne pourrait plus vous sauver !

. . . .

Une nuit de bise, de tourbillons et de neige, sous sortions habillés en paysans de la montagne, les têtes enfouies en d'énormes bonnets, et chacun muni d'une carabine sous ses fourrures.

Gel à faire éclater les pierres. Dans le désert sinistre, on entendait les loups hurler au loin. La terre s'ouvrait devant nos pas, hostile, menaçante, prête à nous engloutir.

Jamais la vie ne m'a paru si belle.

Mais, bon Dieu, pourquoi la terre ne s'ouvre-t-elle plutôt pour engloutir l'homme égoïste et nul ?

C'est cela que j'ai pensé, le jour terrible d'hiver où nous échouâmes — trois pauvres évadés morts de froid — à la bergerie « haïdouque » de Transylvanie, et fûmes accueillis par un Movila laid, mesquin, avare !

O monde ! Tu ne me fais pas de peine quand tu es laid. C'est ton droit, et tu l'exerces neuf fois sur dix. Mais quand tu veux étendre ta laideur sur cette dixième partie de la vie, alors non ! Ce bout-là, il est à moi, lâche-le ! Il a, lui aussi, droit à l'existence !

— Movila ! Movila ! C'est cela tout ce que tu demandais à la vie. Avoir mille brebis à tondre et à traire ? Dix garçons de ferme chichement payés ? Un gros ventre, une grosse nuque, épouse avec dot, papiers en règle et te voir gros *batch*[1] ? C'est donc de fromage, de moutons et de laine que, à ton sens, le monde manquait le plus ? Mais alors que diable cherchais-tu dans la vie de haïdouc et pourquoi n'avoir pas fait toujours ce que, depuis toujours, les rassasiés permettent de faire aux Movila qui ne demandent à la vie que d'être de gros *batch ?...*

. . . .

Vers le début d'avril nous quittions la ferme infectée et le versant transylvain, pour rentrer en Roumanie. Dès le mois de février, un coup d'Etat militaire avait renversé Couza. Les *ciocoï* étaient les maîtres du pays. Plus de boïars, mais leurs domestiques, donc pire ! Et la vallée de la Bâsca qui résonnait déjà de la nouvelle chanson haïdouque :

Feuille verte de pomme reinette !
je sonte au milieu du chemin :
quoi faire ? à quoi travailler ?
Pour gagner mon pain,
nourrir mes enfants ?
où que j'aille, et quoi que je fasse,
les ciocoï me poursuivent !
La peur du sous-préfet
et l'épouvante de l'impôt

1. Patron fromager.

m'ont fait oublier le chemin du village
et les mancherons de la charrue ;
j'ai pris le chemin du bocage,
et le sentier du codrou,
et le mousquet du haïdouc
car vaut mieux aller en haïdoucie
que de vivre dans la contrainte :
que cela soit comme Dieu voudra !

Nous nous trouvions sur la tombe de Floritchica, et je m'écriai :

— Domnitza de Snagov ! Entends-tu ces clameurs ? Nous venons de là-haut, où l'homme reste tel que Dieu l'a fait, et ici, dans la vallée, tout est à recommencer ! Voilà treize ans, en cet endroit même où tes os reposent, nous écoutions la légende du haïdouc Gheorghitza, et tu disais que *dans ce monde, tout finit par une chanson haïdouque*. Oui, tout finit, mais aussi tout commence par une chanson haïdouque, et c'est cela la vie !

Bouzdougan alla chercher du vin dans un village proche. Elie s'allongea à l'ombre du sapin de Floritchica. Le dernier temps, notre bon sage ne parlait plus, s'était retiré en lui-même. Il avait beaucoup vieilli et se nourrissait à peine.

Je le quittai pour aller à la recherche d'un peu de bois sec, car nous avions de la viande de mouton à griller, mais je ne fis qu'une cinquantaine de pas et, soudain, une détonation ébranla l'air et me cloua sur place. Tout me passa par la tête, sauf l'idée du suicide de l'homme qui n'avait jamais désespéré dans sa vie.

Je revins cependant sur mes pas, en me disant : « Sûrement, Elie a lâché le coup par mégarde ! »

Non, ce n'était point par mégarde, car je le trouvai, le crâne défoncé et dans le coma, la carabine entre ses jambes.

....

De loin, Bouzdougan revenait en jouant de la feuille d'acacia, deux gourdes de vin pendues au bout de ses bras ballants. J'allai à sa rencontre, me jetai à son cou et lui criai :

— Frère Bouzdougan ! Nous voilà seuls maintenant ! Mais nous sommes jeunes et bons. Nous irons ensemble répandre dans le monde le meilleur de notre jeunesse et de notre bonté.

DU MÊME AUTEUR

Aux Éditions Gallimard

LA FAMILLE PERLMUTTER, *roman*. En collaboration avec Josué Jehonda.

MES DÉPARTS, *souvenirs*.

ŒUVRES, tomes I, II, III et IV.

Impression Bussière à Saint-Amand (Cher),
le 14 septembre 1983.
Dépôt légal : septembre 1983.
Numéro d'imprimeur : 2465.

ISBN 2-07-037494-7./Imprimé en France.

32619